講談社文庫

ＳＴ　プロフェッション

警視庁科学特捜班

今野 敏

講談社

目次

ＳＴ　プロフェッション　警視庁科学特捜班　5
解説　関口苑生　324

ST　プロフェッション　警視庁科学特捜班

1

「おい、警部殿。STの出番だぞ」

部屋の戸口で、菊川吾郎（きくかわごろう）が言った。

菊川は、警視庁捜査一課の警部補だ。いかにも刑事らしい顔つきの中年男だ。

百合根友久（ゆりねともひさ）の席から、その戸口は真正面に見えている。

菊川が「警部殿」と呼んだのは、百合根のことだ。まだ若い百合根がキャリア組ですでに警部なのに、はるかに年上の自分が警部補なので、菊川は、時折皮肉な口調でそう呼ぶのだ。

百合根は菊川に尋ねた。

「事件ですか？」

「事件じゃなきゃ、出番はないだろう」

菊川が百合根の席に近づいてきた。

出入り口からまっすぐに進めば百合根の席だ。警察の係は、たいていは机を寄せ合って島を作っている。だが、科学特捜班の部屋、通称ST室では、百合根の机以外は、すべて壁のほうに向かって並べられていた。百合根のだけが部屋の中央に向かって置かれている。

百合根の席から見て、左右に三つずつ机が並んでいる。

右側の列の一番遠い席、つまり、出入り口に最も近い席には、第一化学担当の黒崎勇治が座っている。化学事故などの鑑定が専門だ。

彼は、「人間ガスクロ」の異名を持つ。ガスクロはガスクロマトグラフィーのことで、気化しやすい物質を特定するための機器だ。気化した物質は独特の匂いを発する。黒崎は、ガスクロマトグラフィー並みに嗅覚が発達しているということだ。

いくらなんでも、人間の嗅覚がガスクロ並みということはあり得ないだろうと、百合根は思う。つまり、それくらいに嗅覚が鋭いという意味なのだ。

黒崎は、長い髪を後ろで束ねている。まるで野武士のような風貌だが、実際に彼は武道の達人だ。なんでも、いくつかの古武術の免許皆伝を持っているそうだ。暇を見つけては、武者修行の旅に出るらしい。武道の達人なのに、先端恐怖症なのだという。

黒崎は、おそろしく無口で滅多に会話に参加することはない。それだけに、彼の発言は重要な事実を指摘することが多い。

その一つ手前は、物理担当の結城翠の席だ。彼女は、えらく短いスカートに、タンクトップという、いささか露出過多な服装だ。これは、今日に限ったことではない。また、季節も関係ない。

翠は、極度の閉所恐怖症で、服装が開放的なのもそのせいだと、本人は言っている。

黒崎が嗅覚なら、翠は聴覚が並外れて発達している。絶対音感があることはもとより、どんな遠くの些細な物音も聞き分けることができる。

彼女の聴覚には、音声分析の専門家すら舌を巻く。

その手前、つまり、一番百合根の席に近いところに座っているのは、第二化学担当の山吹才蔵だ。彼は、麻薬・覚醒剤、医薬品、毒物などの専門家だ。

背筋をぴんと伸ばし、僧侶のたたずまいだが、彼は実際に僧籍を持つ曹洞宗の僧侶でもある。実家が寺なのだ。

通称ST室と呼ばれるこの部屋で、百合根と世間話をするのは、山吹だけだ。彼がいてくれて、百合根はおおいに救われている。

左側の机の列の一番向こうには、文書鑑定担当の青山翔（あおやましょう）がいる。心理学の専門家で、プロファイリングも彼の役目だ。

青山は、誰もが認める美青年だ。女性だけでなく、男性もつい見とれるほどだ。彼を見ていると、百合根は、美とは一種の力なのだと思うことがある。

ただ、その美貌とは裏腹に、彼の机の上は乱雑さの極みだった。一つとして同じ角度で置かれている書類がない。積み重なった書物やファイルが今にも崩れ落ちそうだ。

実際に時折、雪崩（なだれ）を起こすことがあるので、青山の手前の席は空席になっている。

彼は秩序恐怖症なのだという。そして、それは極度の潔癖症の裏返しだということだ。もともと青山は潔癖症で、それが行きすぎた結果、逆にきちんと片づいた場所に息苦しさを感じるようになったらしい。

人間の心理というのは不思議なものだと百合根は思う。本当にそんなことがあるとは信じがたいが、心理学の専門家である青山がそう主張するので、信じないわけにはいかない。

実際に、青山の席は乱雑なのだが、不潔なわけではない。埃（ほこり）一つ落ちていないのだ。

左側の列の一番手前は、法医学担当の赤城左門の席だ。

赤城はSTのリーダーなのだが、自分にはリーダーの資格などないと言い張っている。百合根から見れば、彼ほどリーダーの資質を持っている者はいない。

彼は、医師免許を持っている。かつて、極度の対人恐怖症だったので、生きた人間を相手にするのではなく、死人を相手にする法医学を選択したのだという。

いつも無精ひげが伸びており、髪が適度に乱れている。だが、不思議と赤城の場合、不潔さを感じさせない。男の色気とでもいう雰囲気がある。

菊川は、STと捜査一課の連絡役だ。早い話が、お守りだと、本人は言っている。捜査畑一筋の菊川は、筋金入りの刑事なのだ。

その菊川が言った。

「立て続けに三件の誘拐事件があった」

「誘拐事件……」

百合根は眉をひそめた。「連続誘拐事件ですか？」

菊川がうなずく。

「いずれも同一犯の犯行と思われる。警部殿が言うとおり、連続誘拐だ。ただし、被害者は、すぐに解放されている」

「すぐに解放……？　身代金等の要求は？」

「何もなかった」

「では、いたずら目的とかの性的な犯罪ですか？」

「それもない。被害者は、男性二人、女性一人だが、いずれも性的な暴行は受けていない」

「拷問などのサディズム的な痕跡は？」

「肉体的な損傷はない」

「じゃあ、犯人の目的は何だったんですか？」

山吹だけが、百合根のほうに体を向け、菊川とのやり取りに耳を傾けている。

他のメンバーは、まったく無関心な様子だ。黒崎は、ただじっと正面を見つめている。まるで瞑想をしているようだ。

翠はヘッドホンをかけている。音楽でも聴いているのだろう。そうしていないと、彼女にはありとあらゆる音が聞こえてしまうのだ。百合根にかかってきた電話の内容をすべて聞き取ってしまう。

彼女がヘッドホンをしているのは、自分のためであると同時に、他人のプライバシ

ーのためでもあるのだ。

青山は、せっせと机を散らかすことに専念しているように見える。だが、本人は整理をしているのだと言うだろう。

赤城は、雑誌をめくっている。

菊川が言った。

「それが妙な話なんだ。被害者は、ひどく気味の悪いことをされたと言っている。そして、犯人にこう言われたそうだ。『おまえに呪いをかける』と……」

「呪い？」

青山が反応した。菊川は、振り向いて青山に言った。

「そう。犯人がそう言ったんだ」

青山が興味津々という顔で尋ねる。

「それで、どうしたの？」

「当然、所轄ではどうしていいかわからない。呪いをかけられたという被害届を受理するわけにもいかない」

「どうしてさ」

青山が言う。「立派な被害じゃない」

「そうなんだ」

菊川がそう言ったので、百合根は思わず聞き返した。

「え、どういうことです？」

「被害者のうち二人が、相次いで救急車で運ばれたんだ。解放されて二週間ほど経った頃のことだ」

「救急車？　どうしてです？」

「謎の急病だ。激しい頭痛を訴え、そのうちに手足の痺れが生じた」

青山が眼を輝かせる。

菊川が青山に言う。

「それが、呪いのせいだというわけ？」

「被害者が全員、同じ供述をしている」

「呪いをかけられたって？」

「そうだ。だが、呪いで急病になるなんて、常識じゃ考えられない」

「どうしてさ」

「どうしてって、常識で考えればわかるだろう」

「あのね、丑の刻参りって知ってるよね？」

「わら人形を五寸釘で木に打ちつけるやつか？」

「そう。あれって、実際に効果があるんだよ」

「おいおい、STってのは、Scientific Task Force の略だろう。つまり科学特捜班だ。その科学の専門家が、丑の刻参りに効果があるなんて言っていいのか？」

青山は平然と言う。

「だって事実だよ」

「どんな事実だって言うんだ」

「事例があるんだよ。丑の刻参りで病気になったという事例が。それも一つじゃない。複数の報告例がある」

「どんな報告例だ？」

「二十代の女性が、原因不明の病気になり寝込んでしまった。その恋敵が丑の刻参りをしていたことが判明したんだ」

菊川は、百合根を見た。百合根は、何と言っていいかわからず、黙っていた。

青山がさらに言った。

「会社員の男性が、病気になったという事例もある。その男性は、女性関係が派手で、何人もの女性と同時に付き合っていた。その女性の一人が嫉妬をしてやはり呪いの儀式をやったんだ」

「じゃあ、今回の誘拐の被害者たちも、呪いをかけられて病気になったというのか？」

「さあね」

青山が言った。「僕は、一般論を語っているだけだ。頭から呪いを否定するのは間違いだってこと。呪いにも、メカニズムがあるんだ」

菊川が怪訝そうに尋ねる。

「呪いに、メカニズムがある、だって？」

「そうだよ」

百合根が、青山に言った。

「そのメカニズムについて、説明してもらえますか？」

黒崎、翠、赤城の三人は、まだ関心がなさそうな様子で、会話に参加しようとはしなかった。

青山が話しだした。

「まず、誰かが誰かを呪いたいほど憎んでいるとする。そして、ついに丑の刻参りを実行するわけだ。残されたわら人形を、誰かが発見する。そのわら人形には、呪いをかける相手の名前が書いてある。そこで、その名前の主に呪いがかけられたと、第三者が知ることになる。それが第一段階」

菊川は、じっと青山の話を聞いている。

「わら人形を目撃した人が、呪いの話を他の人に伝える。そして、またその人が次の人に話す。口コミだね。そして噂が広がっていく。これが第二段階」

山吹が何度かうなずいた。彼は、青山の説明に納得しているようだ。

「その噂が、呪いをかけられた本人の耳に入る。本人は、恐怖を感じる。そして、些細な出来事も、呪いのせいではないかと思いはじめる。つまり、被害者意識だ。これが第三段階。被害者意識による恐怖がだんだんに強まっていき、次第に体調を崩すようになる。そしてついに病気になって寝込んでしまうまでになる。これが最終段階だ」

「ふうん……」

菊川が言った。「つまり、わら人形を目撃した人から噂が広がり、その噂を、呪いをかけられた本人が知ることで恐怖を感じて、病気になるってわけか？」

「まあ、簡単に言うとそういうこと」

「噂を聞いたくらいで病気になるか？」

「被害者意識というのはばかにならないんだよ。そのへんは、医者の赤城さんに訊いてみれば？」

百合根は、雑誌をめくっている赤城に言った。

「今の青山さんの話、どう思いますか？」

赤城が雑誌に眼をやったままこたえた。

「プラシーボ効果だな」

低くよく通る、独特の声だ。

菊川が尋ねる。「偽薬効果のことか？」

「プラシーボ効果？」

赤城が眼を上げた。

「そうだ。青山が言うとおり、被害者意識や恐怖感はばかにならない。病気の多くは、自分自身が作り出すとさえ言われている」

菊川が尋ねる。

「自分自身が作り出す？」

「そう。ストレスが病気を作る。強いストレスにさらされると、あっという間に胃潰瘍ができたりする。ストレスは抵抗力を弱めるので、通常ならはね返せるような細菌に、感染したりする。つまり、ストレスで風邪をひくこともあるわけだ」

菊川が言う。

「まあ、あんたらと付き合っていると、胃潰瘍になりそうだから、その話は納得できるが……」

「癌もそうだ。通常、我々の体の中では毎日癌細胞が作られている。なのに発病しないのは、ナチュラルキラー細胞、略してＮＫ細胞が癌細胞をやっつけてくれるからだ。そして、ストレスはこのＮＫ細胞の働きを弱める。その結果、癌が発病することもある」

「それが、偽薬とどんな関係があるんだ？」

「プラシーボ効果がプラスに働くときは、ただのビタミン剤が万能薬にもなり得る。その逆もある。マイナスのプラシーボ効果は、ビタミン剤が毒薬になったりもする。つまり、毒だと信じることで、本当に体を壊してしまう」

「なるほど、丑の刻参りの場合、呪いが偽薬だということだな？」

「そう。わら人形と五寸釘には何の効果もない。だが、呪いをかけられたという被害者意識には、実際に効果があるというわけだ」

「じゃあ、今回も、そのプラシーボ効果のせいで被害者のうち二人が病気になったというのか？」

赤城が菊川に尋ねた。

「二人が相次いで急病になったということだが、どんな症状なんだ？」

「詳しくはまだ聞いていない。これから所轄に行って話を聞いてくるんだよ」

百合根は言った。

「わかりました。すぐに出かけましょう。所轄はどこです？」

「世田谷署だ」

百合根は立ち上がったが、ＳＴのメンバーは誰も席を立とうとしない。

菊川が言った。

「何をしている？　出動だぞ」

青山が言った。

「菊川さんが説明を聞いてきて、僕らに伝えれば済むことだよ」

赤城が言う。

「俺が誘拐の話を聞いたところで、何の役にも立たない。死体がないんだろう？　俺が行く必要はない」

翠がヘッドホンを外して言った。

「物理担当の私がやること、あるの？」

黒崎は無言だが、青山たち三人に同調しているのは明らかだった。

百合根は言った。

「常識では解決できないような事件が起きたんです。ＳＴの出番じゃないですか。全員で行くんです。実際に担当者の話を聞くことが重要だと思います。僕や菊川さんが気づかないことに、みなさんが気づくかもしれません」

山吹が言った。

「キャップにそう言われると、断れませんね」

百合根は、係長と同等の役職だが、ＳＴではキャップと呼ばれている。

山吹の言葉に、青山が言った。

「しょうがない。キャップと菊川さんだけじゃ、たしかに頼りないからね」

赤城が、面倒臭そうに立ち上がった。

翠と黒崎が顔を見合わせ、それからようやく腰を上げた。

菊川が翠を見て言った。

「ええと……。その恰好で行くのか？」

「そうよ。今日はものすごく暑いし……」

「暑かろうが寒かろうが、あんたの恰好はあまり変わらないような気がするが……」

「何か不都合がある？」

「ものすごくあるような気がするんだが……」

翠がかすかにほほえんだ。

「私の脚や胸の谷間を、世田谷署の刑事たちに見られるのが悔しい？」

菊川はふてくされたように言った。

「そんなんじゃない。捜査にふさわしい服装があるだろうってことだ」

「私に閉塞感を与えると、ぶち切れるわよ」

菊川は渋い顔になった。

「わかったよ。出かけよう」

一行はＳＴ室を出て、地下の駐車場に向かった。そこに、ＳＴ専用の八人乗りワゴンがある。ハンドルを握るのは菊川だった。

全員が乗り込むと、菊川は世田谷署に向けて車を出した。

2

世田谷署の刑事課強行犯係の係長である、春日井和男が言った。

「担当は、この亀岡昇と西脇芳樹だ。話は二人から聞いてくれ」

そう言いながら、春日井は明らかに、STのメンバーを気にしていた。特に、露出度の高い翠の服装と、青山の美貌は、無視できないようだった。

紹介された亀岡は、三十代後半の巡査部長だった。ずんぐりした体型をしている。きっと柔道が強いだろうなと、百合根は思った。

西脇は、二十代後半か三十代前半の巡査長だ。こちらは、細身ですっきりとした体型をしている。

菊川が亀岡に尋ねた。

「それで、被害は三件とも世田谷署管内で起きたってことなのか？」

「はい。実は、被害者には共通点があります」

「共通点？」

「ええ、大学の同じ研究室にいるんです」

「大学の研究室？　どこの大学だ？」

「東京農林大学です」

「農林大学……。それで、被害者たちは何の研究をしているんだ？」

「土壌の研究をしているんだそうです」

「ドジョウ？　それなら水産じゃないのか？」

「いえ、そっちのドジョウじゃなくて、土のほうです」

「ああ、土壌ね……」

「三件のうち二件は、大学周辺で連れ去られました。もう一件は、被害者の自宅のそばですが、これも大学のそばにアパートを借りていましたので……」

「つまり、地理的に近接した場所で三件の犯行が行われたということだな？」

「はい」

「それは、犯人の特定に役立つはずだ」

「そう思って、捜査を進めております」

「同じ研究室の者たちが被害にあったということは、犯人もその研究室にいる可能性が大きい」

　その菊川の言葉を聞いて、それまで退屈そうにしていた青山が言った。

「どうしてそういうことが言えるの？」

「呪いをかけるなんて、怨恨だろう。そういう場合、被害者と同じ集団に加害者がいる場合が多いんだよ」

「なるほどね……。菊川さんもプロファイリングをやるんだ」

「プロファイリングなんて大げさなもんじゃない。刑事なら誰だってそれくらいのことは考える」

青山は、亀岡に尋ねた。

「それで、怪しい人はいたの？」

「それはまだ……」

亀岡は、まぶしそうな顔で言った。おそらく青山の美貌のせいだろうと、百合根は思った。

菊川が尋ねた。

「被害者のことを教えてくれ」

亀岡がこたえた。

「第一の被害者は、大竹純哉、四十二歳。准教授です。八月七日、日曜日の午後十一時頃に、学内の駐車場から連れ去られました」

「日曜日に、学内の駐車場……？」

菊川が言った。「休みの日に、大学で何をしてたんだ？」

その質問にこたえたのは、若い西脇だった。

「実験は、三百六十五日、二十四時間、気をつけていなければならない。それが、大竹さんのこたえでした」

「つまり、何かの実験をしていて、その経過を見るために、日曜日のそんな時間も大学にいた、ということなのか？」

「そういうことのようです」

「犯人は、そのことを知っていた者ということになるな」

「研究室のメンバーは、みんな知っていたということです」

菊川が言う。

「ますます研究室内に犯人がいる可能性が強まってきたな」

「どうだろうね」

青山が言った。「思いこみは間違いを招くよ」

「予断が禁物だってことはよく知っている。だが、筋を読むことだって重要なんだ」

「筋を読むのは、もっと捜査が進んで判断材料がたくさん集まってからのほうがいいと思うよ」

妙に青山が菊川に絡んでいる。ただ、茶化しているわけではない。青山は、犯人が研究室内にいると決めてかかることの危険性を指摘しているのだ。

青山と出会った当初は、あまりに気まぐれな言動が多いと感じて面食らった。だが、そのうちに理解できるようになってきた。

青山の言うことは、決して気まぐれなどではない。彼は、先の先を読んでいるのだ。いや、読むというより、感じているのかもしれない。

その感覚が鋭すぎて、常人には気まぐれに見えてしまうのだろう。

亀岡の説明が続いた。

「第二の被害者は、浦河俊介（うらかわしゅんすけ）、二十六歳。博士課程の大学院生です。大竹純哉が連れ去られた三日後の八月十日に被害にあいました。大学の近くの路上から誘拐されました。時刻は午後八時頃。大学からの帰り道で被害にあいました」

菊川が尋ねる。

「そのときには、最初の被害者の大竹純哉は、解放されていたのか？」

「はい。誘拐された翌日の八月八日には解放されていました」

「そして、その二日後に第二の誘拐事件が起きた……」

「はい」

「浦河俊介が解放されたのは？」

「やはり、誘拐された翌日です。さらに、八月十五日に第三の誘拐事件が起きました。被害者は、並木愛衣、三十歳。研究室の助手です。自宅アパートのそばで誘拐されました。時刻は、深夜零時頃。飲み会を終えての帰り道だったそうです。彼女も翌日の十六日に解放されています」

百合根は言った。

「快楽型の犯罪じゃないですね。快楽型の連続犯罪は、犯行と犯行の間がもっと長いはずです」

青山が言った。

「キャップも勉強してるね。そう、快楽型は、一度の犯行で満足感を得ると、それがしばらく持続する。そして、その満足感が薄れると、次の犯行の欲求が高まるんだ。だから、犯行にある程度の規則性がある。そして、快楽型は、多くの場合、被害者を殺害する」

菊川が言った。

「一週間ほどの間に、三件の誘拐をやってのけた。計画的な犯行だな」

亀岡が言った。

「被害者は、三人とも誘拐された翌日には解放されています。当初、我々はこれが本当に誘拐なのかと疑いましたよ」

菊川が尋ねた。

「単独犯なのか？」

「被害者たちは、犯人は一人だったと供述しています」

「被害者のうち二人は男性だ。一人で誘拐するのは難しいと思うが……」

「犯人はスタンガンのようなものを使用したということです」

「意識を失わせて連れ去ったということか？」

それまで無言だった赤城が言った。

「スタンガンで意識を失うことはあまりない。ただ、抵抗する気力は失うだろう」

亀岡がうなずく。

「どうやら、そういうことだったらしいです」

菊川が亀岡に質問する。

「連れ去るには車両が必要だな？」

「はい。被害者は、車に乗せられたと言っていました」

「車種とかは判明しているのか？」

「いえ、被害者は、電気ショックを受けた後、すぐに布の袋のようなものをかぶせられて、何も見ていないと言っています」

「では、どこに連れて行かれたかもわからないんだな？」

「わからないと供述しています」

「解放された場所は？」

「いずれも、誘拐された現場で解放されています」

「ふうん……」

青山が言った。「それって、なかなか興味深いな……」

百合根は尋ねた。

「何が興味深いんです？」

「誘拐した場所で解放するっていう心理がさ」

「どういう心理なんです？」

「日常と非日常だよ。犯人は、自分の犯行を非日常だと認識している。そして、被害者にもそう思わせたいんだ」

菊川が青山に尋ねた。

「それが捜査と何か関係があるのか？」

「わかんない」

「何だ……」

「ただね、今はわからないけど、何か意味があるのかもしれないという気はするね」

菊川は、亀岡への質問を再開した。

「被害者は、何か妙なことをされたということだな？」

「ええ、ひどく気味の悪い思いをしたようです。三人ともそのショックから立ち直れないようでした」

「具体的にはどんなことをされたんだ？」

「目隠しをされて椅子に縛りつけられた状態で、何か儀式のようなことをされたと言っています」

「呪い云々（うんぬん）の話だな？」

「ええ、これから呪いをかける、と言われて、ぬるぬるしたひどく不気味なものを口の中に入れられ、呑み込まされたということです」

「それが呪いの儀式だったというわけか」

青山が好奇心に眼を光らせる。

「呪文とかは唱えたのかな？」

亀岡が戸惑った様子でこたえる。

「さあ、そこまでは詳しく聞いてませんが……」

「重要な点だよ」

「はあ……。重要ですか……」

「どんな呪いをかけられたのか知っているかどうかが大切なんだよ」

「どんな呪いをかけられたのか……？」

「そう。じゃないと、呪いの効果が出ない」

亀岡と西脇が顔を見合わせた。青山の発言にどう反応していいのかわからないのだろう。

百合根は言った。

「呪いも、プラシーボ効果で説明できるんだそうです」

亀岡が眉をひそめる。

「プラシーボ効果？」

百合根は、さきほど青山と赤城から聞いた話を要約して伝えた。説明を聞き終わった亀岡が言った。

「なるほど……。呪いが効果を発揮することもあるわけですね」

菊川が言った。

「解放されてしばらくして、二人の被害者が次々と病気になって、救急車で運ばれたそうだな？」

「ええ、最初の被害者の大竹純哉が発病したのは、解放されて二週間ほど経った頃のことです。正確に言うと、十二日後の八月二十日土曜日に、救急搬送されています」

赤城が尋ねた。

「激しい頭痛だったということだな」

「のたうち回るほどの痛みだったということです」

「意識は？」

「搬送されるときは、意識があったようです」

「もう一人も、救急車で運ばれたんだな？　同じ症状か？」

「ええ。やはり、激しい頭痛を訴えました。救急搬送されたのは、大竹純哉が発病した二日後の八月二十二日の正午頃のことです」

百合根は赤城に尋ねた。

「何が起きたんでしょう」

「突然の激しい頭痛なら、まずクモ膜下出血などの脳内出血が考えられるが……」

「でも、二人ともクモ膜下出血を起こすなんて、おかしくありませんか？」

「二人の症状が同じだったことを考えると、誘拐犯がやった儀式とやらとの因果関係が、まず疑われるが……」

赤城は考え込んだ。百合根は、さらに尋ねた。

「例えば、クモ膜下出血を故意に起こさせるようなことはできるんですか？」

「ほとんど、あり得ないな」

「そうですか……」

赤城が、亀岡に尋ねた。

「発病していない被害者がいるんだな？」

「ええ。並木愛衣は、異常がありません」

「その被害者に、詳しく話を聞く必要があるな」

菊川が赤城に言った。

「やっぱり、いっしょに来て正解だろう」

「別に、俺一人でも何の問題もない」

「かわいげがないな」

百合根は、亀岡に尋ねた。

「その並木愛衣という被害者に会えますか？」

「病院にいるので、行けば会えると思いますが……」

赤城が尋ねた。

「病院……？　なぜだ？」

「解放後、検査をするために病院に搬送しました。そのまま、ＰＴＳＤということで、様子を見るために入院しています」

「ＰＴＳＤか……」

心的外傷後ストレス障害のことだ。激しい恐怖などの心理的な衝撃を受けたことが原因で起きるストレス障害だ。災害や犯罪、戦争など、命の危機を体験すると起きることがある。

青山が言った。

「とにかく、行ってみようよ」

彼は、呪いの儀式に興味を引かれているようだ。いつになく、積極的だ。

翠が言った。

「私は、関係ないわね。弾道検査をするわけでもないし、音響の分析をするわけでもない」

山吹が翠に言った。

「あなたと黒崎さんがいれば、人間嘘発見器になります。被害者がもし嘘をつけば、その場でわかります」

翠は、声のトーンの変化や心拍音を聞き取り、発言者の緊張を察知することができる。そして、黒崎は発汗や血液中のアドレナリンなどの緊張物質の高まりを、嗅覚で捉えることができるのだ。

この二人の前で嘘をつくことは不可能だ。

「そして、もし、その儀式に何らかの薬物が使われたとしたら、私の出番です」

山吹の言葉に、菊川がうなずいた。

「そういうことだ。さあ、全員で出かけるぞ」

亀岡と西脇が乗る車のあとについていき、ST専用車は病院に着いた。

被害者の病室の前には、制服を着た地域課の係員がいた。彼は、やはり、STのメンバーを見て、面食らったような表情を見せた。

亀岡がその地域課係員に言った。

「STの方々だ」

「あ、科学特捜班……」

「今、面会できるか？」

「だいじょうぶだと思いますが、いちおう医者の許可を取ったほうが……」

赤城が言った。

「問題ない。俺は医者だ」

地域課係員が目を丸くする。

百合根が言った。

「それは本当のことです」

PTSDではなく、法医学が専門だということは言わないでおくことにした。

一行は、病室に入った。被害者の並木愛衣は、検査着姿でベッドに横たわっていた。総勢九人がベッドを取り囲んだので、何事かと思ったようだ。

亀岡が言った。

「大勢で押しかけて、申し訳ありません。ちょっとお話をうかがいたいと思いまして……」

「あの……」

並木愛衣は、戸惑ったように言った。「事件のことなら、もうお話ししましたが……」

「すいません。いくつか確認したいことがありまして……。こちらは、警視庁本部の方々で、詳しくお話をうかがいたいということなので……」

並木愛衣は、なかなか魅力的な女性だった。ほっそりとしているが、痩せすぎではない。長い黒髪が特徴的だ。

彼女の返事を待たずに、青山が尋ねた。

「誘拐されたとき、呪いの儀式をされたんだって？」

「ええ……。犯人が、そう言いました」

並木愛衣の顔色がみるみる悪くなっていった。そのときのことを思い出したのだろう。ＰＴＳＤというのは、なかなかやっかいだ。乗り越えるのに時間がかかる。

「どんな儀式だったの？」

「手足を椅子に縛られて身動きできなくされました。そして、ずっと目隠しをされていました」

「誘拐されるときに、袋のようなものをかぶせられたんだよね？」

「ええ、それを外されるときに、すぐにアイマスクのような目隠しをされて……」

菊川が尋ねた。

「袋のようなものを外されたときに、何か見えませんでしたか？」

並木愛衣はかぶりを振った。

「目隠しをされたときは真っ暗でしたし、とにかく気が動転していたので、何も覚えていません」

「おかしいなあ……」

青山が言った。

菊川が尋ねた。

「何がおかしいんだ？」

「誘拐されたときからずっと袋をかぶらされていた。……ということは、眼が闇に慣れているということだよ。暗いところでも、何かが見えたはずだ。それにね、彼女が置かれた状況を考えれば、自分がどこにいるのかを、必死で知ろうとするはずだ。何も覚えていないというのはおかしいよ」

翠が言った。

「でも、彼女は嘘を言っていない」

黒崎もそれに同意してうなずいた。

「……ということは、本人が忘れようとしているんだね。嫌な記憶をすべてシャットアウトしようとする脳のメカニズムが働いているんだ」

百合根は尋ねた。

「それも、PTSDの影響ですね？」

青山がうなずいた。

「そうだと思う。だとしたら、何かの拍子に、見たものを思い出すかもしれない」

菊川が並木愛衣に言った。

「どんな些細なことでもいいんです。見たものでなくても……。たとえば、音とか、匂いとか……」

並木は、しばらく考えていた。やがて、顔をしかめて、彼女は言った。

「いえ、思い出せません」

青山が言う。

「視覚だけでなく、嗅覚や聴覚の記憶も封印したようだね」

「思い出してくれるときを待つしかないようだな……」

青山が並木への質問を再開した。

「手足を椅子に縛られて、目隠しをされた……。それから、どうしたの？」

「犯人が、私に言いました。これから、呪いをかけるからね、と……」

「犯人は、何か呪文のようなものを唱えた？」

「呪文ですか？　いいえ……」

「ふうん。呪いによってどういうことが起きるか、具体的に言った？」

「いえ、そういうことは言いませんでした」

「そうなんだ……」

青山は考え込んだ。「犯人は、ただ、呪いをかけるとだけ言ったんだね？」

「そうです」

「その後は……？」

「どうして、こんなことをするの、と私が尋ねたら、犯人は言いました。あんたは、もっとひどいことをしたんだよ、って……」

「ひどいことって？」

「わかりません」

「思い当たることは、ないの？」

「ありません」

翠の視線が動いた。彼女は黒崎を見た。黒崎も翠のほうを見ていた。

おそらく、二人は何かを感じ取ったのだ。百合根は、翠に尋ねた。

「どうかしましたか？」

翠がこたえた。

「今、彼女がこたえるときに、声に緊張を感じた。嘘や隠し事をするときの特徴と一致する」

百合根は黒崎に尋ねた。

「黒崎さんも、緊張や興奮を感じ取ったのですね？」

黒崎がうなずいた。

青山が並木に言った。

「何か隠していることがあるね？」

並木は、青山を睨(にら)んだ。

「隠してなんかいません」

「あそこにいる二人を欺(あざむ)くことはできないんだよ」

青山はそう言って、翠と黒崎を指さした。

並木の緊張が高まるのが、百合根から見てもわかった。

「何をおっしゃっているのかわかりません」

並木が言った。その顔色が蒼白になっていく。

菊川が言った。

「あなたは、今話ができる唯一の被害者なんです。捜査に協力していただけると助かるんですがね……」

並木が驚いた顔になった。

「え……。それはどういうことですか？」

彼女は、大竹や浦河が謎の病気で病院に運ばれたことをまだ知らなかったらしい。

菊川が言った。

「他のお二人は、ちょっとお話ができる状態じゃないんで……」

「どういう状態だというんですか？」

菊川が亀岡の顔を見た。失言をしてしまったと思っているようだ。ここは、なんとか取り繕わなければならないと、百合根が思ったとき、赤城が言った。

「大竹や浦河は、ひどい頭痛を訴えて、病院に運ばれた。原因はまだわかっていない」

百合根は驚いた。赤城は、ＰＴＳＤで苦しんでいる並木を気づかったりはしないようだ。

並木の顔がさらに蒼白になった。

「ひどい頭痛……？　二人ともですか？」

赤城がこたえる。

「そうだ」

「それは、私もそうなるかもしれないということですか？」

「それはわからない。だが、その可能性はある。だから、原因を究明したい。そうすれば、あんたの発病を防げるかもしれない」

「だからさ……」

青山が言う。「呪いの儀式について、もっと詳しく聞きたいわけ」

「呪いをかけると言われた後、ひどく気味の悪い思いをしました」

「どんな？」

「無理やり口を開けさせられて、気味の悪いものを口の中に入れられました。私はそれを吐き出しました。すると、もう一度同じことをされて……。それを呑み込まされたんです」

「気味の悪いもの……？　それは、具体的にはどんなもの？」

「ぬるぬるしたものでした。生臭くて、ほんとうに気持ちが悪かったんです。その感触が忘れられなくて……」

赤城が言った。

「それがＰＴＳＤの大きな原因となっているな……」

「思い出すだけで、気分が悪くなります」

実際に、彼女はひどく具合が悪そうになった。

これまでの発言は、あらかじめ亀岡から説明されていたことと一致している。百合根はそう思った。

そこに中年の女性看護師がやってきて言った。

「何です、あなたたちは？」

菊川がこたえた。

「警察の者です」

「誰に許可を取って、こんなことをしているんです？」

赤城が言う。

「俺は医者だ」

「でも、当院の医師ではないでしょう？　こんなことをする権限はないはずです」

菊川が百合根に言った。

「潮時だ。引きあげよう」

3

病院を出ると、赤城が言った。

「俺は、大竹と浦河が入院している病院を訪ねてみる」

菊川が言った。

「一人で行くというのか？」

「当然だ」

「警察官は、単独で捜査はしないんだよ」

「だからといって、いくつも雁首(がんくび)を並べて訪ねる必要はない」

たしかに、赤城が言うとおりだ。被害者本人に話を聞けないのなら、大勢で押しかけることはない。

「じゃあ、僕が同行します」

赤城が百合根を睨んだ。

「キャップに医学の話がわかるのか？　行く必要はない」

「警察手帳が役に立つこともあるでしょう」

赤城たちＳＴのメンバーは、警察官ではないので、拳銃も手錠も警察手帳も持っていない。

赤城はしばらく考えてから言った。

「それには一理あるな」

結局、赤城と百合根が、亀岡から病院の名前と場所を聞いて出かけることにした。

他の者たちは、世田谷署に引きあげた。

「突然、頭痛を訴えたということです」

大竹純哉が入院している病院の担当医師が言った。彼から話を聞くために、やはり百合根の警察手帳が役に立った。誘拐の被害者という事情もある。でなければ、医者の守秘義務を楯（たて）に取られて、話を聞けないところだった。

赤城が尋ねた。

「どの程度の頭痛だったんだ？」

「一一九番した大学職員によると、のたうち回るようだったということです」

「まず、クモ膜下出血を疑うな」

担当医がうなずく。

「当然、私たちもそう思いました。それですぐにCTスキャンを撮りました」

「それで……？」

「異常な所見はありませんでした」

「クモ膜下出血ではなかったのだな？」

「違いました。その他の脳内出血でもありません」

「発熱は？」

「微熱です」

「その他に症状は？」

「嘔吐（おうと）、手足の痺れ……」

「検査の結果で何か気づいたことは……？」

「血液検査の結果では、白血球、ＣＲＰ値の増加が見られましたが……」

「今のところ、原因不明ということか？」

「そうですね。脳内出血がないので、取りあえずは様子見ということです。鎮痛剤と鎮静剤を与えています」

　赤城はうなずいた。

「患者の様子は見られるか？」

担当医は、一瞬戸惑った様子を見せたが、やがて言った。

「いいでしょう。どうぞ、こちらへ……」

大竹も、並木と同様に検査着を着てベッドに横たわっていた。激しく苦悶(くもん)している。

赤城が近づいて言った。

「俺は赤城という。俺の言っていることがわかるか？」

返事はない。激しい頭痛に耐えるだけで精一杯なのだろう。意識はあるようだ。

担当医が言った。

「鎮痛剤も鎮静剤も、あまり効果がありません」

赤城が言った。

「やはり、話が聞ける状態じゃないな……」

百合根はうなずいた。

「そうですね」

「次の病院に行ってみよう」

二人は移動することにした。

浦河俊介が入院している病院でも、百合根が警察手帳を出すことで、担当医から話を聞くことができた。

彼が話した内容と、大竹の担当医の説明とはほぼ同じだった。ただ、一つだけ、大竹の担当医が言わなかった言葉を口にした。

それを聞いた赤城は、思わず聞き返していた。

「髄膜脳炎……？」

「はい。その疑いがあると思ったので、腰椎穿刺をして髄液を採取するつもりです」

「なるほど、髄膜脳炎か……」

赤城は考え込んだ。

「その結果を知らせてくれるか？」

「わかりました」

百合根は赤城に尋ねた。

「被害者の様子を見なくていいんですか？」

「どうせ、大竹と同じで、話など聞けないだろう」

「行ってみないとわかりませんよ」

「それより俺は、髄液の検査結果を待ちたい」

もともと、赤城が病院を訪ねたいと言いだしたのだ。彼がやりたいようにやらせるしかない。

「じゃあ、世田谷署で、みんなと合流しますか?」

赤城がうなずいた。


世田谷署では、STのメンバー、菊川、亀岡、西脇が、小会議室に集まり、何かを話し合っていた。

百合根と赤城が入室すると、青山が声をかけてきた。

「あ、いいところに来た」

百合根は尋ねた。

「何ですか?」

「いや、キャップじゃなくて、赤城さんだよ。あのね、呪いの話だよ。並木愛衣の話で、三人がどんなことをされたのか、だいたいわかった。それでね、やっぱり呪いの話になったわけ」

赤城は無言で、近くの椅子に腰を下ろした。百合根も着席した。青山の話が続いた。

「三人とも、プラシーボ効果の条件に当てはまると思うんだ。直接呪いをかけると言われて、気味の悪いものを呑み込まされた。それで、並木愛衣はＰＴＳＤになったわけだけど、たぶん、他の二人も同じだったんだと思う。ＰＴＳＤは、しばしば肉体症状を併発する。僧帽筋などの異常な緊張で、激しい頭痛を起こすことがある」

赤城は、軽く無精ひげをこすりながら言った。

「たしかに、ＰＴＳＤで頭痛が起きることがある。……というか、頭痛の原因は無数にあるんだ」

「じゃあ、大竹純哉と浦河俊介の症状は、呪いをかけられたことで、プラシーボ効果がマイナスに働いた結果と考えていいね？」

「たしかに青山の言うとおり、マイナスのプラシーボ効果で実際に病気になることがある。だが今回もそうかと訊かれれば、俺は疑問だとこたえる」

「疑問……？　つまり、呪いのせいじゃないということ？　犯人は直接、被害者たちに、呪いをかけるって言ってるんだよ」

「それがカムフラージュだという可能性もある」

「なぜそう思うの？」

「大竹の様子を見てきた。苦悶するほど激しい頭痛で、こちらの問いかけにもこたえられないくらいだ。マイナスのプラシーボ効果というのは、メンタルなものだ。もちろんメンタル面の重要性は認めるが、これほどひどい症状になるとは思えない」

「病気の多くは自分自身で作るって言ったのは、赤城さんだよ」

「浦河の担当医は、髄膜脳炎を疑っている。だから、腰椎穿刺をして髄液を採ると言っていた。マイナスのプラシーボ効果で、髄膜脳炎が起きるとは思えない」

医者の赤城が言っているのだから間違いないだろう。百合根がそう思ったとき、青山が反論した。

「起きる可能性だってあるでしょう?」

「何だって?」

「髄膜脳炎の原因は、たぶん細菌か何かでしょう? そうした細菌は、ずいぶん前から浦河俊介の体の中にあったのかもしれない。でも、抵抗力があったから発病しなかったんだ。誘拐され呪いをかけられたことで、マイナスのプラシーボ効果が働いて、強いストレスが生じる。そして、抵抗力が落ちて、菌に耐えられず、発病してしまったんだ」

赤城は、しばらく考え込んでいた。やがて、彼は言った。

「青山が言っていることにも一理ある」

青山がうれしそうな顔をする。

「でしょう？」

「だが、俺は、髄液の検査結果を待って結論を出したい」

「オーケー。それが科学的な態度ってもんだからね」

菊川が言った。

「俺が気になるのは、犯人が並木愛衣に言ったことだ」

亀岡が尋ねる。

「何です？」

「あんたは、もっとひどいことをしたんだよっていう一言だ」

亀岡がうなずいた。

「やはり、相当な怨みがあるということですね」

百合根は、おずおずと発言した。

「あのう、僕も気になったことがあるんですが」

菊川が尋ねる。

「何だ、警部殿。何でも気にせずに言えばいい」

「翠さんと黒崎さんが、並木愛衣の嘘に気づきました」

菊川が、翠と黒崎を見てから、百合根に視線を戻して尋ねた。

「犯人が言った『ひどいこと』に、思い当たることはないかと、青山が尋ね、それに彼女が『ありません』とこたえたときだな？」

百合根がうなずく。

「そうです」

菊川が翠に尋ねた。

「嘘だというのは、間違いないんだな？」

「そうね。あのときは、声のトーンが明らかに変わった。緊張の表れよ」

「僕も気づいたよ」

青山が言った。「彼女は、あのとき一瞬視線を右上にそらした。これは、人が嘘をつくときの特徴の一つでもある」

「そうだな……」

菊川が言った。「彼女は、明らかに何か隠し事をしていた」

亀岡が渋い顔で言った。

「厳しく追及するのを、医者が許さないでしょうね」

菊川が亀岡に言う。

「それでも、聞き出さなきゃならない」

「もし、それがだめなら、別の手もあるよ」

青山が言った。「本人が自覚しているような『ひどいこと』なら、周辺の人も気づいているはずだよ」

菊川がうなずいた。

「被害者の周辺で、何かトラブルがあったはずだ。それを洗おう」

亀岡が言った。

「そっちは、俺と西脇がやりましょう」

菊川は、百合根に言った。

「俺は、並木愛衣から、さらに話が聞けないか、試してみる。STは、大竹と浦河の症状について調べてくれ。誘拐されて呪いの儀式をされただけで、妙な病気になるというのは、どうも不可解だ」

青山が言う。

「だから、それはマイナスのプラシーボ効果なんだって」

百合根は、慌てて言った。

「わかりました。原因の究明をします」

菊川が青山に言った。

「呪いの話もいいが、あんたには、犯人のプロファイリングをやってもらわなければならない」

「簡単に言わないでよね。プロファイリングは、判断材料を集めて慎重にやらないと……」

「現時点では、どんなことが言える？」

青山は肩をすくめた。

「秩序型、快楽型ではない。そして、被害者に怨みを持っている」

「そこまでは、俺でもわかる」

「そして、ある程度若くて、体力がある」

「なぜだ？」

「大人の男性を一人で誘拐するんだよ。体力がなければできないよ」

「犯人はスタンガンのようなもので、被害者を無力化したと言っていた」

「それでも、女性やひ弱な男性、体力が落ちた老人には無理だ」

「推定の年齢は？」

「それはまだわからないよ」

菊川が百合根に言った。

「とにかく、STは、大竹と浦河の症状と同時に、犯人のプロファイリングをやってくれ」

青山が言う。

「そのためには、判断材料をたくさん集めてきてよね」

菊川がこたえる。

「わかってる。さあ、やることはたくさんあるぞ」

そのとき、電話が鳴った。西脇が出た。彼は、「えっ」と言ったまま、唇を噛んだ。

西脇が電話を切ると、亀岡が尋ねた。

「どうしたんだ？」

「病院からです。並木愛衣が、激しい頭痛を訴えているそうです」

それを聞いた赤城がつぶやくように言った。

「発症したか……」

そして、彼は菊川に言った。

「これで、彼女から事情を聞き出すことは難しくなった」

4

「俺は病院に行ってみる」

赤城が言った。それを受けて、百合根は言った。

「あ、僕も行きます」

亀岡が言った。

「じゃあ、うちの車で行きましょう」

すると、青山が言った。

「じゃあ、僕は帰っていい？」

菊川が青山に言う。

「帰ってどうする。俺たちは、ここで待機だ。赤城が様子を見て、何かわかるかもしれない」

青山が言い返す。

「他の二人を見ても、何もわからなかったんでしょう？」

赤城が青山に言う。

「サンプル数が増えれば、手がかりも増える」

青山は肩をすくめただけで、何も言わなかった。

百合根は菊川に言った。

「では、ちょっと行ってきます。後をお願いします」

菊川がこたえた。

「ああ、しっかりお守りしておくよ」

赤城は、世田谷署の捜査車両の後部座席に乗った。若い西脇がハンドルを握る。

百合根は赤城に尋ねた。

「青山さんが言っていたように、激しい頭痛の原因が、ＰＴＳＤだということは、あり得るんですか？」

「あり得なくはない」

赤城は窓の外を眺めながら言った。

「じゃあ、三人ともＰＴＳＤだと考えていいわけですね？　そうなると、青山さんの呪いのマイナスプラシーボ効果説が有力ということになると思いますが……」

赤城は、相変わらず窓の外に眼をやったままだ。返事がない。百合根がさらに質問しようと思ったとき、赤城が言った。

「まだ、結論を出すのは早い」

「それはそうですが、仮説を立てるのは大切なことだと思います」

赤城は、百合根のほうを見ないまま言った。

「それは青山に任せておくさ」

並木愛衣の様子は、先ほどとは一変していた。頭を押さえてベッドの上で苦しげに身をよじっている。

百合根は、とても正視する気になれなかった。それほどの苦しみ方だった。亀岡は眉をひそめ、西脇は顔をしかめている。

ふと赤城を見ると、冷静な眼で並木愛衣の姿を見つめている。プロの眼だ、と百合根は思った。

担当医師が、看護師に言った。

「集中治療室に運べ」

すぐにその作業が始まり、百合根たちは廊下に出た。

「彼女が何を隠しているのか、知る術（すべ）はなくなりましたね……」

百合根の言葉に、赤城が反論した。

「話を聞くチャンスはある。彼女が回復すればいいだけのことだ」

「回復しますか？」

「医者は、それを信じて治療をするんだ」

赤城が、並木愛衣を乗せたストレッチャーが運ばれていった方向に歩き出した。百合根と所轄の二人は、あわててそのあとを追った。

集中治療室の前までやってくると、赤城は廊下からガラス越しに並木愛衣のベッドを見つめていた。

医者の指示に従って、看護師たちが点滴のビニール袋をぶら下げている。

赤城が、戸口から呼びかけた。

「ドクター」

担当医が、顔を上げた。

「腰椎穿刺をして、髄液を調べてくれ」

担当医が眉をひそめて手を止める。

「腰椎穿刺……？」

赤城がさらに言う。

「髄膜脳炎の疑いがある」

「あなたは……？」

「誰でもいい」

赤城のそのこたえを聞き、百合根は慌てて言った。

「あ、警視庁の科学特捜班の者です。この赤城は、医師でもあります」

その言葉に、一度硬化しかけた担当医の態度が和らいだ。

「たしかに、脳炎の可能性はありますね……」

彼は、看護師に麻酔医と外科医を呼ぶように言った。赤城が言うとおり、腰椎穿刺を行うのだろう。

赤城は、その場を離れようとした。百合根は尋ねた。

「どこに行くんです？」

「必要な指示はした。あとは結果を待つだけだ。もう帰ってもいいだろう」

「青山さんみたいなこと言わないでください。世田谷署でみんなが待っているはずだから、そちらに行きましょう」

「世田谷署に詰めることに、何の意味があるんだ？　ただ時間を無駄にしているだけだろう」

そう言われると、百合根にも、なぜ世田谷署に行かなければならないのか、理由がよくわからなかった。

「待機するって、そういうことでしょう」

百合根は、我ながら説得力がないなと思いながら、そう言った。

赤城が言う。

「警察官なら待機することも必要だろうが、俺は警察官じゃない」

「でも、警察の組織に属しているんだから、警察のやり方に従ってください」

「STは、従来の警察の不合理には従わない。そういうものを正していく役割も担(にな)っていると思っている」

百合根は、言葉に詰まった。

赤城が言うとおり、警察という組織には、前近代的な約束事が多い。上意下達が原則だから、下っ端ほど不合理の割りを食うことになる。

その昔、刑事はお茶くみ三年などと言われて、先輩からいろいろなことを叩き込まれたそうだ。今では、三年もすれば異動になってしまうかもしれない。

捜査のやり方も変わった。足で情報を稼ぐよりも、防犯カメラの映像を解析したほうが効率がいい。

NシステムやDNA鑑定などの科学捜査が取り入れられ、間違いも少なくなった。捜査のやり方は変わっても、警察の体質は変わらない。そこに齟齬(そご)が生じることもある。赤城は、それを指摘しているのだ。

警察官である百合根は、その不合理も組織を存続させていくためには必要なことなのだと思っている。すべてを合理性だけで割り切れるものではない。

だが、そんな理屈が赤城に通用するはずもない。だから、百合根は黙り込んでしまったのだ。

二人のやり取りを、目を丸くして見つめていた世田谷署の亀岡が言った。

「俺たちは、署に戻りますが、いっしょに来ないんですか?」

百合根は、慌てて言った。

「あ、いっしょに行きます。車に乗せてください」

それから赤城を見て言った。「とにかく、いっしょに来てください。担当医に髄液の検査を指示したんですよね。その理由をみんなに説明してもらわないと……」

「理由などない。医者は、あらゆる可能性を考えて検査をするもんだ」

「では、その可能性について話してください」

赤城は面倒臭そうに言った。

「わかった。とにかく世田谷署に行こう」

百合根は、ほっと溜め息をついた。

世田谷署に戻ると、菊川が百合根に尋ねた。

「どんな様子だった？」

「大竹純哉や浦河俊介と同様に、激しい頭痛に苦しんでいました」

「いったい、どうなってるんだ……。青山が言うとおり、ＰＴＳＤが原因なのか？」

百合根は赤城を見た。

赤城は無言で考え込んでいる。

「赤城さん。現時点でわかっていることを話してください」

赤城は、百合根を一瞥してから言った。

「俺は詳しく患者たちを調べたわけじゃないので、確かなことは何も言えない」

「治療をしているわけじゃないんです。警察の捜査なんです。確かじゃなくてもいいから、話してください」

「医者としていい加減なことは言えない」

「それはわかりますが……」

二人のやり取りを聞いて、菊川が渋い顔で言った。

「あんたが、何か言ってくれないと、俺たちは青山のプラシーボ効果とＰＴＳＤ説に従って捜査を始めることになるが、それでいいんだな？」

「いいんじゃないか」

「あんたも、青山説を認めるということだな？」

「ああ、それでいい」

翠が溜め息をついた。

百合根と菊川が翠を見た。

翠が言った。

「嘘ね」

菊川が聞き返す。

「嘘だって？　赤城が嘘を言ってるって言うのか？」

翠が黒崎を見る。黒崎がうなずいた。

「黒崎さんも気づいている」

翠が言った。「赤城さんが、それでいい、と言ったとき、声のトーンが変わったし、心拍数も少し上がった。黒崎さんは、微量の発汗を感じ取ったはずよ」

赤城が翠を睨んで言った。

「おい、俺を人間嘘発見器にかけるな」

「だったら、本当のことを言ってよ」

「俺は嘘を言っているわけじゃない。はっきりしたことがわかるまで待ちたいだけだ」

「少なくとも、青山君の説を認めていないことは事実なのね？」

「認めていない」

その赤城の言葉に、青山はふくれっ面になった。

「傷つくなあ……」

赤城が青山に言った。

「呪いのメカニズムについての解説は間違っていない。心理学的なアプローチでは、ＰＴＳＤという仮説も悪くない。だが、医学的な見地から言うと、さっきも言ったように無理がある」

青山が尋ねる。

「さっきは、僕が言ったことに納得したじゃない」

「納得したわけじゃない。一理ある、と言っただけだ」

「髄膜脳炎の話をしてたよね。誘拐された三人が、三人とも髄膜脳炎になったということ？」

「検査の結果待ちだ。今は何とも言えない」

「毒物の可能性は？」

青山の質問にこたえる代わりに、赤城は山吹を見た。

山吹が言った。

「頭痛を起こす毒物はたくさんあります。二日酔いの症状を起こすアセトアルデヒドなどもその一つです。しかし、今回のように激しい頭痛を起こす物質を、私は知りません」

山吹は付け加えるように言った。「黒崎さんも、毒物の臭いを感じなかったと言っています」

青山が赤城に尋ねる。

「じゃあ、何かの感染症？　三人は、髄膜脳炎のような症状を起こす何かを仕込まれたということなのかな？」

赤城がこたえる。

「おそらくそうだと思うが……」

「何を仕込まれたの？」

「それはまだわからない」

百合根は言った。

「髄膜脳炎の原因って、何ですか？」

「細菌、ウイルスなど、いろいろなものが原因になる」

「じゃあ、原因を特定できないんですね？」

「髄液の検査で、ある程度のことはわかると思う」

「問題は、だ」

菊川が言う。「犯人の目的が何か、ということだ」

青山が言う。

「それは明らかだね。三人に、呪いをかけると言っているんだから、三人に怨みを持っている」

「三人に怨みを持っているのが誰かをつきとめるのが、俺たちの役目だ」

赤城が言った。

「そう。それは刑事の仕事だ。だから、俺たちの出番はもうない」

「それはもう聞き飽きた」

菊川がうんざりした顔で言う。「手分けして、みんなで聞き込みをするんだよ」

百合根は言った。

「黒崎さんと翠さんは、いっしょに行動してください。二人がそろえば、嘘の供述がすぐにわかりますから」

菊川が言った。

「じゃあ、二人は俺と来てくれ」

百合根は、さらに言う。

「赤城さんと青山さん、そして山吹さんは、僕といっしょに来ていただきます」

亀岡が言った。

「俺は西脇といっしょでいいですか？」

「はい。お二人でお願いします」

三班に分かれて聞き込みに回るということだ。

菊川が言った。

「じゃあ、大学に行って話を聞いてみるか」

「僕は、誘拐現場を見てみたいな」

青山が百合根に言った。

「わかりました。いずれにしろ、大学方面ということになりますね。ＳＴ専用車で移動しましょう」

　ＳＴ専用車と、西脇が運転する捜査車両が、世田谷署の駐車場から出発した。

　東京農林大学は、広大な敷地を持っていた。青山は、樹木が立ち並ぶキャンパスを外側から眺めて言った。

「わあお。畑とか、あるのかな……」

　百合根がこたえた。

「畑や畜産の施設なんかは、郊外のキャンパスにあるようです。ここには、主に研究施設などがあるらしいです」

　菊川が、正門近くにＳＴ専用車を路上駐車して言った。

「じゃあ、俺たちは、被害者たちが所属していた研究室に行ってみる」

　菊川、黒崎、翠の三人が、キャンパスの中に消えていった。

　亀岡と西脇が、周囲の住民への聞き込みに行った。

「さてと……」

　青山が言った。「最初の誘拐現場は、どこ？」

　百合根がこたえた。

「第一の誘拐事件は、大学内の駐車場で起きました。第二の誘拐事件のほうが、ここから近いですよ」

青山が言った。

「駐車場に行こう。時系列に沿って見ていくことが大切なんだ」

ここは青山に従うしかない。いつになくやる気を見せているのだから、それに水を差す必要はないと、百合根は思った。

赤城は、無言であとに続いた。何かを考えている。彼の沈黙が不気味だと、百合根は思った。

グラウンドの脇にある駐車場にやってくると、青山は、中央に立ち、周囲を見回した。

「ここは、職員専用の駐車場なのかな？」

その質問に、百合根は首を傾げた。

「さあ、どうでしょう。でも、学生が使っているとは思えませんよね」

「誰かに話を聞かなくちゃ」

「そうですね」

青山は、駐車場の向こうに大学構内への門を見つけた。その脇に守衛の詰所のようなものが見える。

「あそこで、訊いてみましょう」

詰所には、一人の守衛がいた。紺色の制服を着ている。年齢は、おそらく七十歳を過ぎている。白髪で、眉毛も白かった。

百合根は警察手帳を提示してから尋ねた。

「ちょっと、お話をうかがえますか？」

守衛は、目をしばしばさせて言った。

「警察……？　あの、誘拐事件のことかね？」

「ええ……。この駐車場は、職員の方専用ですか？」

「基本的にはそうだ。でも、お客さんも停められるよ」

青山が尋ねた。

「守衛さんは、二十四時間いるの？」

「いやいや、基本的には、午前九時から午後八時までだよ。時間外でも、何かあれば、ここから警備課に電話できるようになってるし、番号を知っている職員の人は携帯でかけられる」

「じゃあ、大竹さんが誘拐されたとき、ここには守衛さんはいなかったんだね？」

「いなかったね。あの事件、日曜だったしね」

「休日は、守衛さんはいないの？」

「いないよ」

「ふうん……」

青山は、振り向いて、駐車場を見回した。それから向き直り、守衛に尋ねた。

「大竹さんが、駐車場にやってきたということは、車で通勤していたってこと？」

「いや、普段は電車通勤だったはずだ。日曜だったんで、車で来る気になったんじゃないのかな」

「どこに駐車したかわかる？」

「一番手前の列の、右端だ。そこからなら、研究棟に一番近いからね。休日で、駐車場にはほとんど車がなかったはずだから」

守衛が言ったことは、所轄の調べとも一致していた。

大竹純哉が誘拐されたとき、彼の自家用車がその位置に残されていた。

青山はさらに尋ねた。

「大竹さんは、月曜日に、この駐車場で解放されたんだよね？　それに気づかなかった？」

守衛は、目を丸くして言った。

「解放されたのは、午前六時頃だって話だよ。まだ、誰も来ていないだろう」

「なるほどね……。犯人も、それほどばかじゃないか……」

その供述も、所轄の調べと一致している。大竹は、午前六時頃に、車両で駐車場に連れて来られた。

青山が突然歩き出した。

百合根は、守衛に礼を言って、青山のあとを追った。

5

青山は、大竹純哉の自家用車が停めてあった場所にやってきた。今は、別の車が置いてある。

彼は、そこで立ち止まり、周囲を見回した。百合根は尋ねた。

「何かを探しているんですか？」

「うん」

「何を……？」

「わからない」

「わからない……？」

「犯人のプロファイリングに役立つ何かを探しているんだ」

そう言われても、百合根には何のことか見当もつかない。

青山がつぶやくように言う。

「学内の駐車場と言ったけど、正確には学内じゃないんだね」

「え……？」

「構内に入るには、さっきの門の守衛室の前を通らなければならない。この駐車場は、構内に隣接しているけど、実際には大学の外にある」

たしかに駐車場はグラウンドやテニスコートなどの体育施設の中にある。厳密に言うと、そういう施設は教室や研究施設などがある大学構内とは区別されているようだ。

青山が言ったように、門があることでそれがわかる。

百合根は言った。

「たしかに車で来た人は、あそこの門を通ることになります。そこで出入りをチェックするんでしょう」

「でも、その門の守衛室には守衛が、午前九時から午後八時までしかいない」

「それで、これまで問題はなかったんだと思います。駐車場を使用するのは主に職員だということでしたし……」

百合根は、あらかじめ入手していた大学のパンフレットを開いた。キャンパスの地図が載っている。「ここから南にしばらく行ったところに正門があります。多くの場合、人は正門から出入りするんじゃないでしょうか」

「いずれにしろ、構内への出入りを厳しくチェックしていたわけじゃないということだね」

「まあ、そうですね。大学はもともと開かれた場所ですから、出入りするのに、いちいち守衛室でチェックされることもないと思います」

百合根は、話に聞いただけだが、六〇年代の終わりから七〇年代の初頭にかけては、どこの大学も出入りには厳しいチェックをしていたそうだ。

学生運動が激化して、学生が大学の施設を占拠するような事態が続いたからだ。強制的に学生を学内から追い出すロックアウトという手段を取った大学もあったそうだ。時代は変わった。

青山は、急に興味をなくしたように言った。

「次の現場に行ってみよう」

浦河俊介が誘拐されたのは、駐車場から見て、ちょうどキャンパスの反対側に当たる場所だった。

大学のキャンパスの外を通る一般道の路上だ。車道は片側一車線。両側に歩道がある。歩道は通学路ということもあってか、かなり広い。

浦河俊介は、車から目隠しをした状態で、その歩道に降ろされたということだ。

青山は、その現場に立ち、先ほど駐車場でやったのと同様に、周囲を見回していた。刑事たちもよくそういう仕草をすることを、百合根は知っていた。刑事は、現場に行くと、細部から全体へ、そして全体から細部へと視線を移動していくのだそうだ。それを繰り返すことで、さまざまなことが見えてくるという。刑事の眼差し(まなざ)しは鋭い。だが、今の青山は、まったく違っていた。とても集中しているようには見えない。

ぼんやりと周りを眺めているといった感じだ。

青山が言った。

「犯行時間は、午後八時頃だよね」

「そうです」

「ということは、大学から出て来たところで誘拐されたということ?」

「はい。研究を終えて、帰宅するところで被害にあいました」

青山が視線を一点に向けた。

「あそこにも、大学の門がある」

百合根は、再びパンフレットを開いた。

「そうですね。正門を含めて、四つあるうちの一つですね」

「ふうん……」

青山は、車道を見た。「この道だと、路上駐車は難しいね」

百合根はうなずいた。

「ええ、片側一車線ですからね。でも、ここはあまり交通量もないようなので、短時間なら駐停車も可能じゃないかと思います」

「短時間ね……」

また、周囲を眺め回した。

百合根は、青山の相手をしながら、赤城のことがずっと気になっていた。

赤城は、ずっと無言で二人のあとをついてくるだけだ。文句一つ言わないのが、逆に恐ろしい気がした。

何事か考えている様子だが、何を考えているのかわからない。話しかける気にもなれない。

せっかくおとなしくしてくれているのだから、しばらく放っておこうと、百合根は思った。赤城のことだから、言いたいことがあればはっきり言うだろう。

青山が言った。

「じゃあ、次に行こうか」

並木愛衣が誘拐された現場は、世田谷区桜丘四丁目にある自宅アパートの近くだった。

住宅街の中にあるアパートだ。今流行りのオートロックなどではなく、各部屋のドアが路地に面して並んでいる。

並木愛衣の部屋は、二階の右端だった。

青山は、現場に立ち、やはり景色を眺めるように周囲を見回した。

「飲み会の帰りに、誘拐されたんだよね」

青山の問いに、百合根はこたえた。

「はい。深夜零時頃のことです。最寄りの駅の小田急線千歳船橋駅から徒歩で自宅に向かっている途中でした」

「このあたり、道が狭いなあ……。車で入ってくるの、たいへんだよね」

「そうですね……」

「駐車するところもない……」

百合根は、赤城が無言でどこかを見ているのに気づいた。その視線の先に月極駐車場がある。

百合根は青山に言った。

「あそこに駐車場があります。あそこなら車を停めておけるでしょう」

青山は、そちらに向かって歩き出した。

駐車場の出入り口の両脇に、金網のフェンスがある。その左側のフェンスに「空きあり」の看板が掲げてあった。

「ここに車を停めて、並木愛衣が帰宅するのを待つ、と……」

青山がつぶやいた。百合根は、それを聞いて言った。

「深夜に空いているということは、契約者がいない場所の可能性が高いですからね」

「でも、車の中からだと見通しが悪いなあ。並木愛衣が帰宅するのが見えたんだろうか……」

百合根は、考え込んだ。

たしかに、駐車スペースに車を入れてしまったら、通りの両側を見通すことはできない。隣に車もあり、視界は限られる。

「車内にいたとは限りませんよね」

百合根は言った。「車をここに置いて外に出て、待ち伏せていたのかもしれません」

青山は何も言わなかった。

彼は、駐車場を出て並木愛衣の自宅アパートに向かって歩いた。建物の前まで来ると、二階に通じる階段を見つめた。鉄製の安っぽい階段だ。

しばらく階段の上を眺めていた青山は、唐突に言った。

「なんだか、疲れたな。帰りたくなったよ」

時計を見ると、午後五時を少々回ったところだ。大学にやってきて三十分ほどしか経っていない。

菊川たちや、亀岡たちの聞き込みが終わるとも思えない。百合根は青山に言った。

「いくらなんでも、菊川さんたちはもう少しかかると思いますよ」

それまでずっと黙っていた赤城が言った。

「俺も帰りたいんだがな」

日が傾いたとはいえ、まだ残暑が厳しく、百合根もたっぷり汗をかいて不快だった。だからといって、もちろん帰りたいとは思わない。

亀岡と西脇は、汗を流しながら大学周辺を歩き回っているに違いない。所轄の二人が辛い思いをしているのに、STだけ楽をするわけにはいかないと、百合根は思った。

「他に調べることはないんですか？」

百合根が尋ねると、青山は言った。

「ないよ。暑いし、疲れたから帰ろうよ」

救いを求めるように、百合根は赤城にも尋ねた。

「赤城さんは、何か気になることはないですか?」

「ない」

赤城は即座にこたえた。「俺は法医学者だ。死体もないのに、やることなんてあるはずがない」

「ずっと何かを考えていましたね」

「考えなくてはならないことはいくつもある」

「例えば、どういうことですか?」

「青山のマイナスプラシーボ説を否定する根拠とか……」

青山がそれを聞いて、急に元気を取り戻した。目を輝かせて赤城に尋ねる。

「それで……? その根拠は思いついたの?」

赤城はかぶりを振った。

「まだ、思いつかない」

百合根は、さらに赤城に尋ねた。

「考えなくてはならないことはいくつもあると言いましたね。他にはどんなことを考えていたんですか？」

赤城は、百合根の顔をちらりと見てから、すぐに視線をそらした。

かつて、対人恐怖症だった赤城は、滅多に他人の眼を正視しようとはしない。

「周辺に、被害者と同じ症状の人がいないかどうか……」

百合根は眉をひそめた。

「それは、どういうことですか？」

「誘拐された三人が、髄膜脳炎だったと仮定しての話だ。原因がウイルスだとしたら、三人だけに感染させるというのは難しい。必ずいくらかは拡散して、周囲に波及する。細菌でも、ウイルスほどではないが、同様のことが言える」

百合根は尋ねた。

「何かに感染させたとしたら、連れ去って監禁しているときですよね。その場所がこの近くとは限らないでしょう。犯人は車を使ったわけですから……」

「感染させられて発病したということは、三人の犠牲者は、保菌者だったということだ。解放後、並木愛衣以外の二人は日常生活に戻ったわけだ。十日以上も、不特定多数の人と接触している。ウイルスや細菌だとしたら、二次感染が起きるはずだ」

「だからさ……」

青山が言った。「マイナスのプラシーボ効果だったんじゃない？　普通の人なら発病しない程度のウイルスで、三人は発病してしまったわけだ」

赤城はかぶりを振った。

「人間の免疫システムというのは、そんなに単純じゃない。個人差もある。限定的に発病させるなんて器用なことはできない」

青山は肩をすくめた。

「じゃあ、どういうわけなの？」

赤城は、地面を見つめたまま言った。

「思い当たる節はあるが、まだはっきりしたことは言えない」

百合根は言った。

「思い当たる節があるんですか？　だったら教えてください」

「いや、医者としてうかつなことは言えない。今は、検査の結果を待つしかない」

「ふうん」

青山が言った。「とにかく、暑いよ。僕、帰っていい？」

百合根は、赤城から眼をそらし、青山を見て言った。

「待ってください。今、菊川さんと連絡を取ってみますから」

携帯電話を取り出してかけた。

「菊川だ。何だ、警部殿」

「あと、どれくらいかかりそうですか？」

「どうしてそんなことを訊く？」

「あ、いえ……。こちらの用は終わったので……」

「ふん、どうせ青山が帰りたがっているんだろう」

「まあ、そんなところです」

「あと三十分はかかる。待たせておけ」

電話が切れた。

百合根は青山に言った。

「三十分くらいかかるそうです」

「そんなの待つことないじゃない」

「ＳＴ専用車の鍵は、菊川さんが持っているんですよ」

「電車で帰るよ」

「それって、かえって面倒臭くないですか？」

「別に……」

「とにかく、他の人たちを待ちましょう。キャンパスの中には、木陰もあるはずです。ベンチとかで休めるかもしれません」

百合根は、なんとか青山をなだめすかして大学まで戻り、一番近くの門を通った。北西にある門だ。守衛の詰所があったが、呼び止められることもなかった。

青山は、すぐに木陰のベンチを見つけて腰を下ろした。通りかかった女子学生が、青山を見て驚きの表情を浮かべ、通り過ぎるまで彼の顔をちらちらと眺める。

いや、女子学生だけではなく、男子学生も似たような反応を示す。青山の容姿は、人々の好みを超えた美しさなのだ。やはり、美は力だ。

そんなことを思っていると、赤城がぼそりと言った。

「俺は学校が嫌いだった」

「え……？」

「小学校も中学校も高校も。大学は少しはましだと思ったが、やはりだめだった」

「いじめにあったとか……」

「それ以前の問題だ。学校というところは、俺にとっては、人間関係が濃すぎた」

赤城の対人恐怖症は知っていた。

「それでも、隠し事をしている可能性がある人はいたわよ」

菊川が翠と黒崎を交互に見た。

「そいつは、間違いないだろうな？」

「私と黒崎さんがそろっていて、間違えるはずないでしょう」

黒崎がうなずいた。

そのとき、青山が言った。

「いいから、早く車に乗せてよ」

「あせるな」

菊川がキーを取り出し、運転席のドアを開けて言った。「今車の中は、サウナ状態だぞ。風を通して、冷房をかけるから待ってろ」

助手席のウインドウが開くと、そこから百合根は菊川に尋ねた。

「亀岡さんたちはどうします？」

「連絡したよ。こちらに向かっているはずだ」

その言葉どおり、亀岡たち二人は、ほどなく車のところに戻ってきた。

百合根は亀岡に尋ねた。

「何かわかりましたか？」

汗まみれの亀岡が、かぶりを振った。

「目撃情報は、得られませんでした。なにせ、誘拐からずいぶん日が経っていますからね」

「初動捜査のときは、どうだったんですか？」

亀岡が頭をかく。

「本人たちから、誘拐されたって通報があったんですよ。話を聞けば、翌日には解放されたっていうし……。こっちも、半信半疑って感じでしたからね……」

つまり、捜査に熱が入らなかったということだろう。被害者たちは、解放された時点では無事と思われていた。怪我もしていなかった。

妙な儀式をされただけだ。亀岡たちが、悪戯ではないかと思ったとしても仕方がない。

被害者が全員、すぐに解放されたということで、警視庁本部も動かなかったし、機動捜査隊すら駆けつけなかっただろう。

もちろん、誘拐事件は重要な事案だ。たった一日であっても、逮捕・監禁、あるいは略取・誘拐の罪になる。

略取・誘拐となれば、警視庁本部もそれなりの態勢を組む。特殊犯捜査係、いわゆるSITが投入されることになるだろう。

だが、それも、犯人から身代金の要求があったり、連続殺人などの恐れがある場合だ。今回のような場合、大がかりな態勢を組むのは無理だろう。

実際、この事案を担当しているのは、亀岡と西脇の二人だけのようだ。

「わかりました」

百合根は言った。「とにかく、いったん引きあげましょう」

6

世田谷署に戻ると、亀岡が菊川に尋ねた。

「それで、研究室のほうは、どうだったんです？」

「メンバーは、全員で八名だ。そのうち、三人が誘拐の被害にあった。残り五人にそれぞれ話を聞いた」

「その人たちには、三件の誘拐事件の直後に話を聞きましたよ。みんな心当たりはないと言っていましたが……」

「呪いの儀式や、三人が病院に運ばれた話はしていないだろう？」

「していません。誘拐について尋ねただけです。それで、犯人が被害者に言った、『もっとひどいこと』については、何かわかったんですか？」

「まず、研究室のトップである、瀬戸(せと)雄助(ゆうすけ)教授に話を聞いた。彼によると、研究室内で、トラブルなどなかったと言っている」

亀岡は、遠慮がちに翠と黒崎を見た。

「ええと……。お二人は、嘘を見破ることができるんですね」

翠がこたえた。

「見破るというか、私は聴き取り、黒崎は嗅ぎ取るんですけど」

「それで、瀬戸教授は、嘘をついていなかったんですか？」

「トラブルがなかったという彼の言葉に嘘はなかった」

菊川が続けた。

「三人が誰かに怨みを買っていなかったかと尋ねたんだが、それについても心当たりはないということだった」

「それも嘘じゃないんですね？」

「そう。教授は何も知らないということかもしれない」

「研究室の教授というのは、お山の大将みたいなもんだからね」

青山が言った。「下々（しもじも）のことは気にしないのかもしれない」

菊川が青山を見て言った。

「そうだな。印象では、研究員たちの個人的な事柄には、ほとんど興味がなさそうだった。研究一筋といったタイプだ。それに、研究室の担当になって半年ほどなので、まだ研究員たちに馴染（なじ）んでいないのかもしれない」

赤城が眉をひそめた。

「研究室の担当になって半年……？　担当教授が交代したというのか？」

「そういうことらしい」

「医局でそういうことがあると大騒ぎだ。その研究室ではどうだったのだろうな」

「さあな。そこまでは突っこんで訊かなかった。教授自身を疑っていたわけじゃないんでな」

青山が尋ねた。

「どうして疑わなかったの？　誰でもまず、疑ってみるのが刑事なんでしょう？」

「あんたのプロファイリングに従ったんだ。犯人はある程度若くて、体力があると言ったのは、あんただよ」

「まあ、そうだけどね……」

菊川が言った。

「研究室を受け持つようになってたった半年だ。研究員たちとの関係も、それほど濃くはない。つまり、被害者を怨みに思うようなこともないだろうと、俺は判断した」

青山が言う。

「そうだね。たしかに怨みの深さは、時間に比例する傾向がある」

菊川の説明が続いた。

「研究室には、瀬戸教授の下に、二人の准教授がいた。そのうちの一人が誘拐された大竹純哉だ。もう一人が、糸田弘、四十歳。彼にも話が聞けた。三人が巻き込まれた事件について、ひどく驚いたと言っていた」

当然ながら、亀岡と西脇は、その准教授についても知っているはずだ。菊川はSTのために、研究員について説明しているのだ。

菊川の話が続く。

「糸田准教授も、瀬戸教授と同じようなタイプだ。研究が何より大切で、人間関係についてはあまり関心がなさそうだった。研究員の個人的なことには詳しくない様子だ。彼にも、誘拐された三人が、誰かに怨まれていなかったかと尋ねたが、心当たりはないということだった」

亀岡がまた、翠に質問した。

「糸田准教授は、嘘はついていなかったんですか？」

「そこがちょっと微妙なのよね」

「微妙……？」

「糸田准教授からは緊張が感じ取れた。声のトーンが不安定だった」

「嘘をついていたということですか？」

「その可能性はあるけど、断定はできない。警察にあれこれ質問されたら、誰だって緊張するし、もう一人の准教授が被害にあっているのだから、その点でも緊張していて不思議はないわ」

「なるほど……」

嘘発見器が万能でないのと同様に、人間嘘発見器である翠と黒崎も万能ではないのだと、百合根は思った。

嘘を見破るために大切なのは、質問の内容だと聞いたことがある。

「糸田准教授の供述で気になったのは、誘拐された三人が、瀬戸教授にずいぶんとかわいがられていると発言したことだ」

亀岡が尋ねた。

「かわいがられている？　それはどういうことでしょう？」

「二人の准教授のうち、大竹のほうが二年上で、自分よりも瀬戸教授から信頼されている、というようなことを、糸田准教授は言っていた」

それを聞いた青山が言った。

「二人だと派閥はできない。でも、三人いれば派閥ができる、なんて言われるからね」

亀岡が菊川に尋ねる。

「研究室内に派閥があったということですか？」

「それほど大げさなことじゃないと思う。瀬戸教授は、経験の長い大竹のほうを頼りにしていたということだと思う」

「経験が長いと言っても、たった二年の差でしょう？」

その質問にこたえたのは菊川ではなく、赤城だった。

「俺も医局で経験がある。一年でも上の者が偉いんだ。研究室も同じだろう。職人の世界に通じるものがある。いまだに大学の研究室は徒弟制度なんだ」

「そういうものなんですかね……」

菊川の説明が続いた。

「そして、大竹はよく院生たちの面倒を見ていたそうだ。助手の並木愛衣とも仲がよかったと、糸田准教授は供述している」

翠が補足した。

「大竹と糸田は、同じ准教授でもずいぶんタイプが違うみたいね。大竹は、社交的で院生や助手とよく飲みにも行っていたようね」

病院で見かけただけだが、たしかに大竹は、見た目もすっきりしていた。社交的という翠の言葉にもうなずける気がすると、百合根は思った。

亀岡が菊川に言った。

「院生や助手と仲がよく、教授にも信頼されていた大竹を、糸田が妬んでいたのではないでしょうか?」

菊川がかぶりを振った。

「そこが、糸田という男の独特なところでね……。彼は、そういうことには関心がなさそうだった」

「でも、人間だから、そういう雰囲気の中ではけっして面白くなかったはずです」

翠が言った。

「人間関係には興味がないと言った糸田の言葉に嘘はなかったわ」

菊川が言う。

「人間嘘発見器に訊くまでもなく、俺もそういう印象を受けたよ」

「三人に怨みを抱くようなタイプではないということですね?」

菊川が思案顔になった。

「完全にシロとは言い切れないが、その可能性は低いと、俺は感じた」

「そうですか……」

「次に話を聞いたのは、博士課程の院生、森川麻里だ。彼女は、誘拐された浦河俊介の一年後輩に当たる」

百合根は確認した。

「浦河俊介も、博士課程だったんですね？」

「そう。森川麻里は、糸田が言ったとおり、大竹にはずいぶんよく面倒を見てもらっていると言っていた」

「三人が誘拐されたことについての心当たりは……？」

「ないと言っている」

「ただし……」

翠が言う。「糸田と同じで、彼女もグレーゾーンね」

亀岡が翠に尋ねる。

「嘘をついていたかもしれないということですね？」

「緊張していたことは確かね。嘘をついていたというより、何かを隠している可能性は否定できない」

菊川が言った。

「あとは、修士課程の達村洋次、二十四歳と、柳田晴夫、二十三歳。彼らは、下っ端だし、研究室に出入りするようになって日が浅いので、人間関係についてよく知らない様子だった」

百合根は尋ねた。

「日が浅いというと……？」

「達村は、去年の四月から、柳田は今年の四月から院生になった」

「院生になって五ヵ月の柳田はともかく、一年半近く研究室にいる達村は、それなりに人間関係を把握（はあく）しているんじゃないですか？」

「研究でこき使われるんで、それどころじゃないと、二人は言っている。彼らは、どちらかというと、大竹よりも糸田を怨んでいるかもしれない」

百合根は眉をひそめた。

「どういうことです？」

「大竹は、よく面倒を見てくれるが、糸田は研究に関して、情け容赦ないんだそうだ」

青山が言った。

「厳しい先輩や指導者って、いるよね」

菊川が尋ねた。

「あんたも経験があるんだな？」

「もちろん。大学のときは、指導教授とか先輩とかがいたからね」

「あんたを指導した人に同情するね」

「失礼だね。僕は優秀な研究者だったんだよ」

優秀だというのは疑いはない。だが、百合根は、菊川同様に、青山を指導した教授はたいへんだったろうなと思った。

亀岡が思案顔で言った。

「つまり、糸田准教授と、博士課程の森川麻里が、何か隠し事をしている可能性があるということですね？」

菊川は、慎重な口調で言った。

「話を聞いた五人の中で、もし疑うとしたらその二人、ということになる。だが、その程度だ。二人が何かを隠しているかどうかはまだわからない」

亀岡がうなずいた。

そのとき青山が言った。

「その二人に、直接話を聞いてみたいな」

菊川が言った。

「なぜ、あんたが……」

「犯人は、大学関係者だと思うんだ」

「根拠は？」

「犯行現場の地理的プロファイリングだ。最初の犯行現場は、大学の駐車場。次は、大学近くの路上、そして三件目は、大学から徒歩で十分ほどの場所……。つまり、犯行現場がだんだんと大学から遠ざかっている。これは、大学に馴染みが深い人の犯行であることを物語っているんだ」

「研究室内に犯人がいるということか？」

「それはわからない。でも、交友関係を考えると、一番可能性が高いのは研究室内部の人間と言える」

「まあ、たしかにそうだな……。現場を見て、そのほかにわかったことはないのか？」

「犯人は、三人の被害者の当日の予定をよく知っていたはずだ。犯行には車が必要だった。ということは、尾行は難しい。待ち伏せをしていたということになる。そして、大竹純哉と浦河俊介については、どういうコースで帰宅するか知っていたはずだ」

「どういうコースで帰宅するか……？」

「あの大学には、門が四つある。大竹純哉は、東側の門を出て駐車場に向かった。そこで誘拐された。そして、浦河俊介は、南西の門から出て、路上で被害にあった。少なくとも、犯人は犯行当日に、その二人がどの門から出て、どこに向かうかを知っていたことになる。並木愛衣のケースもそう。彼女が、飲み会から帰宅することを、あらかじめ知っていたんだと思う」

菊川が青山を見つめたまま言う。

「つまり、被害者の身近にいた者が犯人ということか？」

「少なくとも、ごく身近にいた人が、事件に関係している。それは間違いない」

「糸田と森川麻里が、その条件に当てはまるというわけだな」

「条件には当てはまる。だけど、犯人かどうかはわからない。特に、森川麻里は、プロファイリングした犯人像からは外れる」

「女性や老人には、犯行は無理だと言っていたな……」

「そう。体力的に無理」

「糸田はどうだろう。年齢は四十歳だ」

「体格は？」

「細身で、身長も高くない。体力があるタイプには見えなかったな」

「だとしたら、条件としてはぎりぎりだよね」

電話が鳴り、西脇が受けた。

「赤城さんに、病院からです」

電話に出た赤城は、相手の話に耳を傾けている。

「わかった。ありがとう」

そう言うと、赤城は電話を切った。

百合根は尋ねた。

「検査の結果ですね？」

「そうだ。浦河俊介の髄液を検査した結果、好酸球の著しい増加が認められた」

「好酸球って、白血球の一種ですよね」

「そうだ」

「それって、どういうことなんですか？」

「原因が寄生虫である可能性が高い」

「どんな寄生虫か特定できないんですか？」

「特定はできない。どこで、どういう形で寄生虫を取り入れたかがわかれば、ある程度見当はつくが……」

「どういう形で取り入れたかは、明らかでしょう」

山吹が言った。一同は、山吹に注目した。

赤城が尋ねる。

「明らかだって？」

「ええ、そうです。呪いの儀式ですよ。並木愛衣が言っていました。ぬるぬるした気持ちの悪いものを口の中に入れられ、呑み込まされたと……」

「当然、俺もそのことを考えた。だが、ぬるぬるしたものを呑み込まされたというだけでは、どの寄生虫か特定することはできない」

百合根が尋ねる。

「そうなんですか？」

「好酸球性髄膜脳炎は、旋毛虫やアニサキス、日本住血吸虫などが原因で起きることがある。旋毛虫は、豚肉の生食で感染する。同様に、アニサキスは、イカや魚の生食で感染する。また日本住血吸虫の中間宿主は、カタヤマガイだ。生の豚肉も、生の魚やイカも、貝も、感触は似ているだろう」

山吹が言った。

「ぬるぬるしているという言い方からすると、貝が一番可能性が高いですかね……」

「貝か……」

赤城が考え込んだ。

その時、また電話が鳴った。西脇が出る。

「え……」

西脇が驚きの声を洩らす。みんなが、今度は西脇に注目した。

「そうですか。わかりました」

西脇は、そう言うと電話を切った。

亀岡が尋ねた。

「どうした?」

「大竹純哉が亡くなったそうです」

赤城がそれを聞いて言う。

「寄生虫が原因の好酸球性髄膜脳炎は、死ぬこともあるが、たいていは自然治癒する。運が悪かったな……」

菊川が言った。

「これで、殺人事件になったわけだ」

赤城が席を立って言った。

「死体が出たからには、ようやく俺の出番だ」

百合根は尋ねた。

「どこへ行くんです？」

「大竹が入院していた病院に行く」

「何のために……」

「解剖だ。それで寄生虫も特定できる」

赤城が出入り口に向かった。百合根は、あわててそのあとを追った。

7

赤城はタクシーで病院に向かうつもりのようだ。世田谷署の前の通りで、タクシーを拾った。

百合根を見ると、赤城は言った。

「キャップが来る必要はない」

「いえ、絶対に僕が必要になると思います」

赤城は、それにはこたえずに、タクシーの後部座席に乗り込んだ。奥に詰めて、百合根の場所を空けた。

百合根は赤城の隣に乗り込んだ。

「解剖をすれば、原因が特定できるのですね？」

赤城は、無言でうなずいた。

「その……。さっき、たいていは回復すると言いましたね？」

「ああ」

百合根は、訊きたいことがたくさんあったが、タクシーの運転手の耳があるので、これ以上は質問できなかった。

タクシーから情報が洩れることが、意外なほど多いのだ。芸能界のゴシップから、政界のスキャンダルまで、タクシー内でうっかりしゃべったことが、あっという間に噂になったりする。

車の中だからと、安心してついいろいろなことをしゃべってしまいがちだが、運転手にしっかり聞かれていることを意識しなければならない。

病院に着くと、赤城はまっすぐに、大竹がいた部屋に向かった。だが、すでにそこには大竹の姿はなかった。

病院のベッドは、生きている人のためのものなのだ。

赤城は、廊下に出て、通りかかった看護師に尋ねた。

「ここにいた大竹純哉の遺体はどこに行った？」

まだ若い看護師は、目を丸くしてこたえた。

「遺体なら、安置所だと思いますが……」

「解剖をする。遺体を解剖室に運んでくれ」

「え……？　解剖……」

「そうだ。病理解剖が必要なケースだろう。しかも、今回は司法解剖の必要もある」

「ちょっと待ってください。私には、何のことか……」

「だったら、わかる人を呼んでくれ」

「あの……。訊いてきますんで、ここで待っていていただけますか？」

看護師は、その場から急ぎ足で歩き去った。しばらくすると、別の看護師がやってきた。先ほどの看護師よりもかなり年上だ。眼鏡をかけている。

「解剖がどうのと言ってるのは、あなたですか？」

赤城はこたえた。

「そうだ」

「あなたが解剖をやるということですか？」

「俺がやる」

「解剖資格をお持ちだということですね」

「持っている」

「失礼ですが、うちの病院のドクターですか？」

「いや、違う」

「それじゃあ、うちの患者を、この病院で解剖することなどできませんね」

「他に同じような症状で苦しんでいる患者がいる。すぐに解剖をして死因を解明する必要があるんだ」

「だからといって、好き勝手できるわけじゃないでしょう」

眼鏡の看護師はあきれている様子だ。

百合根は、自分の出番だと思った。

「あの……。僕たちは、警視庁の者で……」

警察手帳を出して開き、バッジと身分証を示した。眼鏡の看護師は、それをちらりと見て言った。

「何者であろうと、他人の病院で勝手なことをする権利はありません」

百合根はなんとか彼女を懐柔しようと思った。

「おっしゃることはわかりますが、彼が言ったとおり、解剖が必要なのです。誰か、その件で話を聞いてくださる方はいらっしゃいませんか？」

「お話なら、私が聞きます」

赤城が言った。

「こちらの要求に対して対処できる者が話を聞くべきだ」

百合根は、相手が何か言う前に言った。

「すいません。異例の要求であることは承知しています。何か方法はありませんんか？」

眼鏡の看護師は、いまいましそうに、ふんと鼻から息を吐き出してから言った。

「警視庁だとおっしゃいましたね？」

「ええ」

百合根は、もう一度手帳を開いて見せた。「誘拐殺人の疑いがあります。急いで死因を究明する必要があるんです」

赤城が言った。

「繰り返すが、さらに、二人の患者が同じ症状で苦しんでいる。原因を確かめないと、その二人も死亡する恐れがある」

看護師は、百合根と赤城を交互に見ていた。やがて彼女は言った。

「ここで待っていてください」

百合根は、赤城が何か言い出すのではないかと思って、顔を見た。かすかに無精ひげが生え、前髪が少し垂れている彼の顔は、憂いを帯びて見えた。

大学のキャンパスで感傷的になるように、彼は病院にもさまざまな思い出があるはずだ。もしかしたら、彼は今、そうした思いに耐えているのかもしれない。

眼鏡の看護師が、ケーシースタイルの白衣を着た中年の男を連れて戻って来た。見覚えのある男だった。大竹の治療を担当していた医師だ。

「解剖をしたいだって？」

担当医は、眉間（みけん）にしわを刻んで言った。

赤城がうなずいて言った。

「同じ症状の患者が二人いて、髄液の検査をした。そのうちの一人の結果が出た。好酸球の著しい増加が見られた」

担当医は、さらに険しい表情になった。

「髄液の検査で、好酸球の増加……」

たしか、この医者は、その検査をしていなかったはずだと、百合根は思った。

赤城が言った。

「原因の予想がつくだろう？　それを確かめなければならない」

担当医がこたえた。

「髄膜脳炎か……。それも、寄生虫が原因の……」

「俺もそう思う」

「たしかに、急いで解剖をしたほうがよさそうだ。あなたが執刀すると聞いたが……」

「俺は法医学の専門家だ」

「解剖資格をお持ちだということだね？」

「そうだ。この病院の患者である限りは、この病院の解剖医が執刀するのが筋だというこ とはわかる。すぐに解剖をしてくれるというのならそれでもいい。だが、それができないのなら、場所だけ貸してくれればいい」

「待ってくれ。解剖するとなると、遺族の了承を得なければならない」

「あんたなら、それができるはずだ」

担当医は、しばらく考えていた。

眼鏡の看護師が言った。

「法医学教室の誰かが立ち会えば、問題ないかと……」

担当医は、看護師のほうを見た。それから赤城を見て言った。

「やってみよう。ちょっとだけ時間をいただきたい」

担当医と眼鏡の看護師は、何やら話し合いながらその場を離れていった。

百合根は、ある種の感動をもって赤城の顔を見ていた。自分を一匹狼だと言いつづけている赤城だが、妙に人望があり、人を使うのがうまいのだ。

特に、専門知識を持つ人々は赤城に共感するらしい。例えば、鑑識の係員たちは、たいてい赤城の意見を聞きたがり、いつしか赤城の周囲に人の輪ができていたりする。

今も、赤城はその能力を発揮した。彼は、担当医が髄液の検査をしなかったことを、決して責めなかった。

そして、彼に原因を予想させた。それが、担当医のプライドを守ることになったのだ。

さらに、遺族の了承について、「あんたなら、それができるはずだ」の一言だ。

赤城は、生まれながらにリーダーの資質を持っているのではないかと百合根は思っていた。それが、なぜか対人恐怖症を経験し、いつしか一匹狼を標榜（ひょうぼう）するようになってしまったのだ。

人生はなかなかうまくいかないものだと思う。

担当医と看護師が立ち去ってから五分以上経った。赤城は、廊下のベンチに腰かけた。百合根もそれにならった。

それからさらに、ずいぶんと待たされた。

眼鏡の看護師が戻ってきたのは、三十分ほど経った午後七時四十分頃のことだった。

赤城と百合根は立ち上がった。彼女は、白衣を着た若い男性を連れていた。

「こちら、法医学教室の研修医の戸田先生です」

「あ、よろしくお願いします」

赤城が戸田と呼ばれた若者に尋ねた。

「君が執刀するのか？」

「あ、いえ……。自分は立ち会いをするように、と……」

看護師が赤城に告げた。

「解剖室を使用するのに、病院の管理責任者が必要です。そのために、戸田先生に立ち会いをお願いしました。今、患者さんのご家族の了承を得る手続きをしています。書類が整えば、すぐに解剖を始められます」

「もう一つ、頼みがあるんだが……」

「何でしょう？」

「手術着を貸してもらえないだろうか」

看護師が言った。

「用意しましょう」

午後八時半頃にようやく手筈が整い、赤城と戸田が解剖室に入った。百合根は、「立ち会うか」と赤城に訊かれたが、遠慮しておくことにした。

結果を聞けばいいだけのことだ。

赤城が病院で、身勝手な発言をして誰かを怒らせるのではないかと思い、同行した。だが、それは杞憂だった。

百合根が口添えするまでもなく、赤城は担当医や看護師との交渉をまとめてしまった。相手の心をつかんだのだ。

僕は、STのメンバーのことを心配しすぎなのかもしれないと、百合根は思った。

彼らは、自分勝手のようで、やるべきことはちゃんとやる。必要でないことを強要されたような場合に、断固として反発するだけのことなのだ。

それがわかるまでに、ずいぶんと時間がかかった。

ただし、そういう姿勢は、警察内部では決して評価されない。警察は役所なので、規則でがんじがらめだし、はみ出し者を極端に嫌う傾向がある。

STにとっては、やりにくい環境だし、周囲の者にとってはSTのメンバーは付き合いにくいだろう。

彼らを理解し、周囲との軋轢をできるだけなくす。それが自分の役割だと、百合根は思っていた。

夜の病院は、気味が悪い。救急病院なので、けっこう頻繁(ひんぱん)に患者が運ばれてくる。一階にいると、そのサイレンが聞こえてくるのだが、解剖室がある地下の一画は人の出入りもなく、静かなだけに、実に不気味だ。

まだしばらく解剖は終わりそうにない。解剖室の前は、携帯電話の電波が届かないので、百合根は、電波の届く場所に行き、菊川と連絡を取っておこうと思った。

一階の夜間受付の前を通り、外に出る。いちおう、病院内では携帯電話を使わないように気を使ったのだ。

病院の機器や旅客機の航法装置に影響を与えるといって、携帯電話の電源をオフにするように言われているが、それは、アナログの携帯電話の時代の話で、デジタルになってから、特に3G以降は、携帯電話からそれほど強い電磁波を出しているわけではない。

病院の機器や航空機の航法装置に影響を与えることなど、実はほとんどないと、百合根は思っている。

病院で携帯電話の使用を制限しているのは、過去のデータをもとにした基準がまだ生きているからに過ぎない。

百合根は、病院や航空機内で携帯電話を使用しないのは、単にマナーの問題だと思っている。

安全かそうでないかは別として、マナーは守るべきだ。それが百合根の考えだ。

呼び出し音三回で、菊川が出た。

「どうなった？」

「今、赤城さんが解剖をしています」

「赤城が執刀しているのか？」

「そうです」

「問題はなかったのか？」

「ほぼありませんでした」

「結果はいつ頃わかる？」

「もうじき、わかると思います」

「俺たちは、まだ世田谷署に詰めている。赤城の解剖が終わったら教えてくれ」

「青山さんは、おとなしくしていますか？」

「ああ。すでに帰るのをあきらめたようだ」

「今日、見聞きしたことをもとに、プロファイリングを進めるように言ってください」

「すでに始めているよ。世田谷署の小会議室を借りて、そのテーブルの上を思いきり散らかしている」

「また連絡します」

「わかった」

電話が切れた。

百合根は、携帯電話の電源を切り、夜間受付の前を通って病院内に戻った。

やはり、夜の病院は不気味だ。そんなことを思いながら、百合根は解剖室の前に戻った。

それから三十分ほどして、赤城が出てきた。

「原因がわかった」

「何ですか？」

「広東住血線虫（カントンじゅうけつせんちゅう）だ。脳の中から、そのＬ３、つまり、第三期感染幼虫が見つかった」

「カントン……？　何ですか、それは……」

「寄生虫の一種だ。詳しくは、世田谷署に戻ってから、みんなに説明する」

赤城が、歩き出そうとする。

「あの、戸田先生は……？」

「後の処置を頼んだ」

赤城は歩き出した。百合根は、慌ててそのあとを追った。

「キャップ、タクシーを捕まえてくれ」

赤城はそう言うと、携帯電話を取り出した。誰かに、大竹の症状の原因を伝えている。おそらく、浦河と並木が入院している病院の担当医たちだろう。

百合根は、タクシーを捕まえた。

世田谷署に戻ると、赤城はみんなを小会議室に集めた。

ホワイトボードに、「広東住血線虫」と書く。

「こいつが原因で、髄膜脳炎を発症していた」

世田谷署の亀岡が怪訝な表情で言った。

「本当に解剖をしてきたのですか？」

赤城は平然とこたえた。

「そうだが、それがどうした？」

「いえ、自分らには解剖をする資格がないので……」

「俺は法医学者だ」

菊川が赤城に尋ねた。

「それで、その広東住血線虫というのは、どういうものなんだ？」

「ネズミを宿主とする寄生虫だ」

「ネズミだって……？」

「特にドブネズミに多く寄生する。成虫はネズミの肺動脈に寄生して卵を産む。そこで孵化したＬ１、つまり第一期幼虫は、肺胞と気道を通り消化管に移動して、糞と共にネズミの体外に排出される」

「ネズミの寄生虫が、どうして人間に脳炎を起こさせたんだ？」

菊川が尋ねると、赤城が言った。

「話を最後まで聞け。ネズミの糞とともに排出された第一期幼虫は、カタツムリやナメクジなどの中間宿主に取り込まれる。そしてその体内で、二回脱皮して、Ｌ３、つまり第三期感染幼虫となる。これが、ヒトに対しても感染源となる」

「ヒトの感染源に……」

「つまり、中間宿主を食用にするなど、経口摂取することによって、広東住血線虫の第三期感染幼虫を体内に取り込んでしまうんだ。すると、その第三期幼虫の多くが、中枢神経へと移動して、好酸球性髄膜脳炎などを引き起こす」

百合根は尋ねた。

「治療法はあるんですか？」

「通常一ヵ月ほどで、第三期幼虫は死滅して体外に排出されるので、その段階で治癒する。予後は悪くない。だが、幼虫の数が多い場合など、大竹のように死亡することもある。サイアベンダゾールやメベンダゾールといった抗寄生虫薬を使用することもある」

「浦河さんや並木さんの担当医には、それを伝えたのですね？」

「すでに、二人は抗線虫の治療を受けていた。髄液の検査の結果で、寄生虫による髄膜脳炎の可能性が高いことがわかったからだ」

菊川が尋ねた。

「じゃあ、二人が助かる可能性は高いということだな？」

「もともと、広東住血線虫による髄膜脳炎の死亡率はそれほど高くはない」

百合根が赤城に言った。

「赤城さんが、二人を助けたとも言えますね」

赤城は厳しい眼を百合根に向けた。

「俺が二人に何かをしたわけじゃない。あくまでも二人の担当医が力を尽くしているということだ」

「でも、並木さんの担当医に、髄液の検査を指示したのは赤城さんですよね」

「最初に髄液検査に気づいたのは、浦河の担当医だ」

赤城は、他人の手柄を自分のものにするようなことは決してしない。誰の功績かをはっきりさせようとする。

このあたりも、リーダーとしてふさわしいと、百合根は思う。

世田谷署の西脇が、驚いた表情で言った。

「STって、すごいんですね。解剖したり、治療の指示をしたり……」

「そうなんだよ」

菊川が言った。「これで、もう少し、協調性があればな……」

8

小会議室のテーブルの一角に書類が集められていたが、すべての書類が別々の角度で置かれていた。きちんと角がそろっている書類が一つもない。

さらに、メモ用紙が散乱していた。明らかに青山の仕業だった。

菊川が言ったとおり、青山はここでプロファイリングの続きをやっていたのだと、百合根は思った。

その青山が赤城に尋ねた。

「呪いの儀式で、ぬるぬるしたものを口の中に入れられたって、並木愛衣が言ってたよね。それって、ナメクジか何かってこと？」

赤城がこたえた。

「広東住血線虫の中間宿主として多くの場合取り上げられるのが、アフリカマイマイだ」

青山が思わず聞き返す。

「アフリカマイマイ？」

「そう。殻の直径が七、八センチもある大きなカタツムリだ。日本では主に沖縄に棲息している。アフリカマイマイに触ったことで広東住血線虫に感染したという例もある」

「触っただけで……」

「そう。粘液とともに広東住血線虫の第三期幼虫が手に付着し、それが口から入り込んだ」

「じゃあ、呪いの儀式に使われたのは、アフリカマイマイなのかな……」

「中間宿主としてはアフリカマイマイが有名だが、それ以外のカタツムリやナメクジも中間宿主になり得る。だから、何を口に入れられたか、現段階で特定はできない」

菊川が顔をしかめた。

「カタツムリにしろナメクジにしろ、口の中に入れられるなんて、想像するだけで気持ちが悪くなるな」

青山が言った。

「鮨屋とかで貝の刺身は食べるでしょう？　赤貝とか青柳とか……」

「そりゃあな……」

「カタツムリは、陸に住む貝だよ」

「ナメクジは気持ちが悪い」

「ナメクジだって殻が退化しただけのことだ。人間の心理って、不思議で、海からとれるというだけで、何でも食べられそうな気がするんだ。もしも、蟹が陸上を歩いていたら、誰も食べようと思わなかったかもしれない」

赤城が説明を続けた。

「さっき言ったように、広東住血線虫の最終的な宿主はネズミなんだ。だから、幼虫に寄生されたネズミの糞を採取する環境がなければ、カタツムリやナメクジも中間宿主にはならない」

百合根は質問した。

「人為的に、そういう環境が作られた可能性があるということですか？」

「そうだな」

赤城が、思案顔でこたえた。「呪いの儀式に中間宿主を使ったとなると、その可能性は高いな」

「それは、誰にでもできることなんですか？」

「ネズミとカタツムリを飼うことができれば、誰にでもできると言える。だが、寄生虫を扱うのだから、それなりの知識は必要だろう。自分が感染する危険が大きい」

菊川が言った。

「農林大学の研究者なら、そういう知識も技術もあるだろうな……」

赤城が菊川を見て言った。

「そうだな」

世田谷署の亀岡が言った。

「じゃあ、やはり被害者と同じ研究室のメンバーの中に犯人がいる、と……」

菊川がそれにこたえた。

「その可能性が大きいな。青山も、犯人は大学の関係者だろうと言っているし……」

青山が菊川に言った。

「でも、研究室のメンバーとは言ってないよ」

菊川が言い返す。

「だが、広東住血線虫の中間宿主を飼育し、それを使って感染させる知識と技術を持っているんだ。研究室の誰かと考えていいんじゃないのか？　連れ去られて、呪いの儀式をされたのは、いずれも研究室のメンバーだ。犯人もその中にいる可能性は高い」

それまで、じっとみんなの話を聞いていた山吹が言った。

「青山さんの最初のプロファイリングに一致するのは、三人……」

菊川がそれに応じる。

「秩序型で、快楽型ではない。そして、ある程度若くて、体力がある……。それが最初のプロファイリングだったな？」

「そうでしたね」

山吹がうなずく。「准教授の糸田と、二人の男子大学院生、達村洋次と柳田晴夫です」

百合根が言う。

「でも、その三人は、菊川さんが、話を聞いた結果、犯人である可能性が低いと判断したんですよね？」

菊川がこたえる。

「糸田は、研究室内の人間関係に興味がない。そして、達村と柳田の二人は、人間関係について、まだよく知らない。だから、その三人が、被害にあった三人に強い怨みを抱くとは思えない」

翠が言った。

「菊川さんの判断は間違っていないと思う」

百合根が菊川と翠に尋ねた。

「糸田准教授と、博士課程の森川麻里が、何か隠し事をしているように思えると言ってましたね？」

菊川が言った。

「そうかもしれない、というだけのことだ」

翠がそれに同調する。

「あくまでもグレーゾーンよ」

百合根は言った。

「もし、糸田准教授と森川麻里が怪しいと考えたとき、青山さんの最初のプロファイリングと一致するのは、糸田准教授のほうですよね」

青山が言う。

「糸田准教授って、四十歳だっけ？　それに、華奢(きゃしゃ)なんでしょう？　僕のプロファイリングに合致するといっても、あくまでぎりぎりだよ。僕の印象だと、もっと若くて体力のある人だと思うけどな」

「だが、それはまだ判断材料が少ないときにやった不正確なプロファイリングだったんじゃないのか？」

「そうじゃないよ。菊川さんは、プロファイリングというものをよく知らないね」

「そりゃ、あんたほどよくは知らないよ」

「プロファイリングは、階層的に進めていくんだ」

「階層的？」

「そう。基本的な土台があって、その上にいろいろな要素を組み上げていく。最初のプロファイリングは、その土台の部分だ。だから、それが揺らぐことはない」

「院生の達村と柳田についてはどう思う？　この二人は、若くて体力もありそうだ」

青山はかぶりを振った。

「その二人については、菊川さんの判断を支持する。二人のどちらかが、三人を誘拐して、さらに気味の悪い寄生虫に感染させるなんてことをする理由はないと思う」

「だとしたら、残るは糸田准教授ということになるが……」

「でも、彼は人間関係について無関心なんでしょう？」

「俺にはそう見えた。あんた、糸田と森川の二人に話を聞いてみたいと言っていたな？」

「うん」

「明日にでも行ってみようじゃないか」

「いいよ」

百合根は時計を見た。すでに午後十時半を過ぎていた。彼は、菊川に言った。

「あとは明日にして、今日は引きあげませんか？」

「この場で、一番階級が上なのは警部殿だ。あんたが決めればいい」

「いや、階級とかの問題じゃなくて、この場を仕切っているのは菊川さんでしょう」

「俺は警部殿が言うことに従うよ。ＳＴと行動を共にするときには、ＳＴと共にキャップに従う。そう決めたんだ」

「へえ……」

青山が言った。「僕たちのことを毛嫌いしていたのに……」

菊川は渋い顔で言った。

「それは、昔のことだ」

菊川が自分の判断に従うと言ってくれたのが、百合根はうれしかった。

問題は「ＳＴと共に」という部分だ。ＳＴが百合根に従うとは限らない。そんなことを思いながら、百合根は言った。

「では、今日はここまでにします。明日は朝からこちらに詰めることにします」

「おい、青山」

菊川が言った。「ようやく帰れるんだ。よかったな」

青山がふくれっ面で言った。

「こんな時間なんだから、もうどうでもいいよ」

翌日、朝八時半に世田谷署に集合だった。STのメンバーが誰も遅れずにやってきたのが奇跡のようだと百合根は感じていた。

菊川が、青山に言った。

「じゃあ、大学に話を聞きに行こうか」

「人間嘘発見器の二人を連れて行きたいな」

菊川が翠と黒崎を見て言った。

「二人もいっしょに頼む」

翠が言った。

「嘘発見器呼ばわりは不本意だけど、付き合ってもいいわ」

百合根はそれを聞いて言った。

「僕もいっしょに行きます」

万が一、青山がまったくやる気をなくしたり、また逆に、暴走などしたときに、自分がいたほうがいいと、百合根は思った。

菊川がうなずいた。

「いいだろう」

それを聞いて、亀岡が言った。

「じゃあ、自分らは、昨日の続きで、付近の聞き込みに回ります」

菊川が亀岡に言った。

「よろしく頼む」

赤城が百合根に言った。

「俺と山吹は、やることがないな」

「やることは、いくらでもあるだろう」

菊川が言った。「解剖の結果を詳しく書類にするとか、病院と連絡を取り合って、浦河と並木の様子を聞くとか……」

赤城がこたえる。

「そんなことは、三十分もあれば終わってしまう」

「例えばの話だ。他にもいろいろとやるべきことはあるはずだ」

赤城が反論する気配を見せた。それを制するように、山吹が言った。

「わかりました。私たちは、取りあえずここに詰めて、連絡係をやりましょう」

赤城は山吹を一瞥したが、何も言わなかった。

菊川が山吹に言った。

「じゃあ、頼むぞ」

百合根たちは、昨夜から駐車場に置きっ放しになっていたST専用車に乗り込んだ。亀岡と西脇も車で出発した。

ハンドルを握る菊川が青山に尋ねた。

「まずは、どちらに会うんだ？」

「当然、犯人の可能性が高いほうからだよ」

「それは、どっちのことなんだ？」

「糸田准教授だろうね」

「そうかな……」

「僕の最初のプロファイリングにどちらが近いかといえば、やっぱり糸田准教授のほうでしょう」

「わかった」

菊川は、うなずいた。

車が大学に近づいた。百合根は、菊川に言った。

「駐車場に入れましょう。職員だけじゃなく、来客も使えると、守衛が言っていましたから……」

菊川がST専用車を駐車場に停めた。百合根たちは、四つあるうちの東側の門を通り、研究棟を目指した。

青山が言った。

「これ、大竹純哉が事件の当日に通ったのと同じコースだよね」

菊川が正面を向いたまま聞き返した。

「そうなのか?」

「被害者と同じコースをたどり、同じ景色を見るというのも大切だよ」

「それで何かわかるのか?」

「さあね」

「なんだよ……」

二人のやり取りを聞いて、翠が言った。

「あなたたち、けっこういいコンビかもね」

菊川が真剣な顔で言った。

「冗談じゃない。俺は、こいつのお守りなんて真っ平だ」

青山が菊川に言った。

「へえ、そうなんだ。僕は、菊川さんのことをなかなか興味深い人だと思っていたけどね……」

菊川は、毒気を抜かれたように黙りこくってしまった。

おそらく、青山が言ったのは本音だろう。好きとか嫌いとかという問題ではない。青山にとっては、興味があるかないかが重要なのだ。

研究室を訪ねると、若い女性が戸口に顔を出した。

菊川が言った。

「昨日は、どうも」

彼女は、驚いたように目を丸くした。

「あら、刑事さん……？」

「何度もすいません」

「大竹さんが亡くなったそうですね……」

「ええ。お悔やみ申します。それもあって、糸田先生に、もう一度お話をうかがいたいのですが……。それと、あなたにも……」

話の流れから、彼女が森川麻里だということが、百合根にもわかった。

「糸田先生は、今講義中です」

「あとどれくらいかかりますか？」

森川麻里が腕時計を見た。

「もうじき十時ですね。あと三十分ほどです」

「授業が終わったら、こちらへいらっしゃいますか？」

「ええ。そのはずです」

「待たせていただいていいですか？」

「どうぞ。お入りください」

研究室内には、テーブルがあり、そのまわりにパイプ椅子が置かれていた。百合根たちは、そのテーブルを囲んで座った。

森川麻里は、人数分の紙コップにペットボトルの日本茶をいれてお盆に載せて持って来た。

菊川が言った。

「どうぞ、おかまいなく」

「私は、あちらにおりますので、何かありましたら、声をかけてください」

森川麻里はそう言うと、続き部屋に消えていった。ドアは開け放ったままだった。

菊川が青山に言った。

「せっかく森川麻里がいるんだ。彼女に先に話を聞いてもいいんじゃないのか？」

「僕は原則を崩さない。プロファイリングに近い順に話を聞く」

菊川が苦い顔になった。

「わかったよ」

それから、森川が言ったとおり、三十分ほど待たされた。青山が、待ちくたびれて、また帰りたいと言い出すのではないかと、百合根は密かに懸念していた。

出入り口のドアが開き、ひょろりとした小柄の男性が部屋に入ってきた。

テーブルを囲んでいる百合根たちを見て、一瞬立ち尽くした。彼は、菊川に気づくと言った。

「ああ、刑事さんでしたか。大竹が亡くなったことですか？」

菊川が言った。

「ご愁傷様です。少し、お話を聞かせていただけますか？」

「もう話すことはありませんよ」

「私ではなく、プロファイリングの専門家が、話を聞きたいと申してまして……」

彼は、眉をひそめた。

「プロファイリング……？」

菊川が紹介した。

「科学特捜班の青山と言います。こちらは、糸田准教授だ」

青山が言った。

「よろしくね」

糸田は、ふと青山を見て、驚いたように見直した。そして、しげしげと見つめた。

青山の美貌に驚いたのだろう。

青山と初対面の場合、この反応は珍しくない。

菊川が糸田に言った。

「少々お時間を頂戴できますか？」

糸田はさらに、翠に眼をやった。そして、すぐに眼をそらしてしまった。翠は、今日も明らかに露出過多の服装だ。糸田は眼のやり場に困ったのだろう。

彼は、こたえた。

「ええまあ……。少しなら……」

菊川が空いているパイプ椅子を指し示した。糸田は、手にしていた本やノートをテーブルの上に置き、その椅子に腰を下ろした。

青山が尋ねた。

「三人が誘拐されたことについて、どう思ってるか、聞かせてくれる？」

糸田は戸惑ったように青山を見た。そして、まぶしそうな表情をした。青山の美しさがまぶしいのだろうと、百合根は思った。

「どう思ったか、ですか……」

「そう」

「聞いて驚きましたよ。そして、不思議に思いました」

「不思議に……？　どうして？」

「だって、三人とも、誘拐されたというのに、翌日には解放されたんですよ。普通ではそんなことは考えられないでしょう」

「そうかな……」

「そうかなって、どういう意味ですか？」

「普通ではそんなことは考えられないとあなたは言ったよね。じゃあ、どういうことなら考えられるの？」

「その……」

糸田は、さらに戸惑った表情になった。「誘拐というからには、身代金とかの要求があったり……」

青山は、何度もうなずいた。

「そうだよね。せっかく危険を冒して誘拐したのに、すぐに解放するなんて変だよね」

糸田は、青山の真意を計りかねるように眉間にしわを刻んだ。

僕もきっと同じような顔をしているだろうと、百合根は思った。百合根も、青山が何を考えているのかわからなかった。

青山が言った。

「犯人は、呪いの儀式をするために三人を誘拐したんだ」

「呪いの儀式……」

「それくらい、三人を怨んでいたということなんだけど、何か心当たりはないかなあ」

糸田が苛立(いらだ)たしげな様子で言った。

「これは、警察の人に何度も言ったんですけどね……。私には心当たりなんてないんですよ」

青山が翠を見た。

「どう？」

翠と黒崎が顔を見合った。黒崎がうなずく。

翠は青山に視線を向けると言った。

「声のトーンから言うと、たぶん、嘘を言っている。黒崎さんも、それを感じ取ったはずよ」

青山が糸田に言った。

「何を知っているのか、話してくれない？」

9

糸田は、気分を害したようだった。

「私が嘘をついているですって？」

青山がうなずいて、翠と黒崎を指さした。

「この二人が、そう言っている」

「その二人がどうしたと言うんです」

「彼らは別名、人間嘘発見器。誰かが嘘をついたら、すぐにわかるんだ」

「そんなばかな……」

「僕たちは、警視庁から来たんだよ。警察は嘘なんかつかないよ」

「えーと……」

翠が言った。「厳密に言うと、今の青山君の発言は本当とは言えないけど、彼が意識的に嘘をついたかというと、こたえはノー。つまり、本人は嘘だとは思っていないということね」

糸田は、さらに不愉快そうな表情になった。

「何です……？　私をからかっているんですか？」

　青山がこたえる。

「からかってなんかいない。僕はいたって真面目だよ。何か知っていることがあるんだね？　でも、それを警察に話そうとはしない。それはどうして？」

　糸田は、青山から眼をそらした。

「別に知っていることなんてないと言ってるでしょう」

「隠し事をしていると、ここにいる刑事があなたを警察に連れて行って話を聞こうとするよ。それって、こうして訪ねて来るよりずっと迷惑だよね？」

「私は善意で協力しているのですよ。なのに、脅すんですか？」

「脅しじゃないんですよ」

　菊川が言った。「必要があれば、身柄を引っぱります」

　厳密に言うと、逮捕令状がなければ、強制的に身柄を拘束することはできない。それ以外は、原則的に任意同行なので、求められても拒否することができる。

　だが、一般の人々は、警察官に同行を求められると、それに強制力があるのだと思い込んでしまう。

　糸田は落ち着かない様子だった。青山が言った。

「隠し事をしているということは、それを話すことで何か不利益があるんだと思われてしまうよ。何かまずいことでもあるの？」

糸田は、しばらく無言で考えていた。青山も何も言わず、糸田のこたえを待った。

沈黙の後に糸田が言った。

「別にまずいことなんてないんですよ。ただ、関わりになりたくなくて……」

「何の関わり？」

「誰かがあの三人を怨んでいると言いましたよね？　誰が怨んでいるのか知りませんが、誘拐騒ぎなんて、まったく迷惑な話です。私は、そういうのに関わりたくないんです」

「誰だって関わりたくないと思うよ。でもね、たぶんあなたもすでに関わってしまっているんだ」

糸田が怪訝な顔をする。

「それはどういうことですか？」

「おそらく犯人は身近な人間だ。もしかしたら、あなたかもしれない」

「冗談はよしてください。私は、誘拐とは何の関係もありません」

「大竹さんが亡くなったことについては、どう思うの？」

糸田は、再び戸惑った様子で言った。

「そりゃ、驚いていますし、残念だと思っていますよ。研究室の仲間ですからね。三人は、誘拐されて、すぐに解放された。だから、誰かの悪戯かとも思いました。ところが、その後、三人とも同じような症状で入院してしまった。いったい、どういうことなんだろうと思っていたんです。そうしたら、大竹が亡くなってしまった……。挙げ句の果てに、あなたが呪いの儀式だなんて言うじゃないですか。これで、混乱しないほうがおかしいでしょう」

「わかるよ。でもね、僕には、あなたがそれほど混乱しているようには見えないんだけど……」

「混乱してますよ。大竹は、どうして死んだのです？　まさか、呪いの儀式のせいだなんて言わないですよね？」

「呪いの儀式のせいだよ」

「よしてください。呪いで人が死ぬはずがありません」

「それはともかくとして、実際に大竹さんを殺すほど怨んでいた人がいるということだよね？　あなたは、その人を知っているの？」

「犯人を知っているかってことですか？　いいえ。私は、誘拐の犯人など知りません」

「大竹さんたち三人を怨んでいた人がいることは知っているんだよね？」

糸田は、口をつぐんだ。青山が言った。

「その沈黙は、僕の質問に対する肯定と受け取れるね。三人を怨んでいるのは、誰なの？」

糸田は、しばらく青山を見つめていた。やがて、彼は一つ溜め息をついた。抵抗をあきらめたときの態度だった。

「この研究室の前の担当教授のことをご存じですか？」

青山がちらりと菊川を見た。菊川は小さくかぶりを振った。

青山が糸田に言った。

「いや、知らない」

「この研究室はかつて、福原（ふくはら）研究室と呼ばれていたんですよ」

「つまり、福原という人が担当教授だったということ？」

糸田がうなずいた。

「福原靖之（やすゆき）。彼は、半年前まで、この研究室の担当教授でした」

「半年前まで……。今はどうしているの？」

「さあ。私は知りません」

「大学にもいなくなったということ？」

「ええ。消えてしまったんです」

「つまり……」

青山が思案顔で言った。「その福原教授が、この研究室を去ったことに、今回誘拐された三人が関係している、ということなんだね？」

「まあ、自業自得ということなのかもしれませんが、本人は怨んでいたかもしれませんね」

「自業自得……。それはどういうこと？」

糸田が肩をすくめた。

「これ以上は、私の口からは言いにくいですね。少なくとも、私は福原教授のことを尊敬していました。純粋に研究者としてね……」

「研究者として以外の部分では、尊敬できないところもあったということ？」

「私は、人間関係には、あまり興味がないのです。もし、教授にそういうところがあったとしても、私は別に気にしません」

青山が翠を見た。

翠はうなずいた。糸田が嘘を言っていないということだろう。

青山がさらに、糸田を追及した。

「この研究室には、准教授が二人いたよね？　あなたと亡くなった大竹さん。今の担当教授の瀬戸さんは、あなたよりも大竹さんを大切にしているという話を聞いたけど、それは本当なの？」

本人には訊きにくい質問だ。だが、青山が尋ねると不思議と何でもない質問に思える。彼の見た目のせいもあるだろうが、純粋に好奇心から尋ねているという雰囲気のせいかもしれない。

子供が無邪気に質問しているように感じられるのだ。

糸田がこたえた。

「大竹のほうが二年上でしたし、彼は表に出るタイプだったんでね……。よく気がつくし、瀬戸教授も何かと大竹を便利に使っていました」

「それについては、気にしていないと言ったんだよね？」

「気にしてなんかいませんよ。私には、大竹のような役割は無理でしたからね。大竹は、何かと教授から声をかけられるので、自分の研究の時間を削られてしまったでしょうしね……」

「あなたは、誰にも邪魔されず、研究に集中できているということだね？」

「ええ、そうです。それはありがたいことだと思っていますよ」

青山が翠を見た。翠は何も言わなかった。

糸田が青山に言った。

「ねえ、それって、私が嘘を言ってないか、いちいちチェックしているんですよね？」

「そういうことになるね」

青山があっさりと認めた。糸田が顔をしかめた。

「それだけでプレッシャーがかかりますね」

青山は、にっこりと笑った。

「だとしたら、狙いどおりだね」

「プレッシャーをかけることが？」

「そう。嘘がつきにくくなるんだ」

「別に嘘をつくつもりはありませんよ。言ったとおり、余計な人間関係に巻き込まれたくないんです。私は、研究をするために大学にいるのです。人と付き合うためじゃありません」

青山が確認する前に、翠が言った。

「その言葉に嘘はないわ」

青山が質問を続けた。

「福原教授の時代はどうだったのかな？　やっぱり、大竹さんがかわいがられていたの？」

「ああ、その時代のほうが今よりもはっきりしていましたね。私は、准教授になったばかりで、ほとんど福原教授のお役には立てませんでしたし……。福原教授は、人の好き嫌いもはっきりしていました。大竹は、福原教授にべったり付き合っていましたね」

「人の好き嫌いもはっきりしていた……？」

「そうです。男女ともにね」

「へえ……。男女ともに……」

糸田が顔をしかめる。

「これ以上は、お話ししたくないんですけどね……」

「僕は聞きたいなあ」

「私にとっては、どうでもいいことなんですよ」

青山がちらりと翠を見る。翠がこたえる。

「それも嘘じゃない」

青山がうなずいて言う。

「人間関係には興味がないということはよくわかったよ。客観的に見聞きしたことを話してくれればいい」

「客観的ね……」

「そう。客観的」

「福原教授はまず、研究室にやってきて、助手を替えたんだそうです」

「助手を……？　つまり、並木愛衣さんに……？」

「そう。彼女は、学部時代から福原教授のお気に入りだったそうです」

菊川が真剣な表情で糸田と青山のやり取りに聴き入っているのに、百合根は気づいた。

つまり、青山がいい仕事をしているということだ。所轄の亀岡や菊川も聞き出せなかったことを、青山が聞き出しているわけだ。

青山が糸田に言う。

「助手もお気に入り。そして、大竹准教授もお気に入り……」

「大竹は後輩たちや院生たちの面倒見もよかったですから、福原教授を頂点とする確固とした集団が形成されていましたね」

「確固とした集団……。研究室が一つにまとまるという意味では、悪いことじゃないよね」

「人間関係がうまくいっているうちはね」

「何か問題が起きたということ？　もしかして、福原教授がいなくなったことと関係があるの？」

糸田がかぶりを振った。

「これ以上のことになると、私もよく知らないんです。だから、しゃべらないほうがいいと思います」

「でも、何が起きたのか、知ってるんでしょう？」

「私は、福原教授や大竹が作り上げたつながりとは、ちょっと距離を置いていたので、実際にどういうことが起きたのか正確には知らないんです。ですから、何か言うと、憶測になってしまいます」

「本当に知らないの？」

「知りません」

翠が言った。

「どうやら、本当に知らないようね」

青山がうなずいた。

「何が起きたかは知らないけど、何かトラブルがあって福原教授が大学を去ったことは知っている……。そういうことだね？」

「噂はいろいろとありましたよ」

「どんな噂ですか？」

糸田は肩をすくめた。

「セクハラ、パワハラ、アカハラ……。まあ、よくある話です」

菊川が言った。

「セクハラ、パワハラはわかるが、アカハラって何だ？」

青山がこたえた。

「アカデミックハラスメント。大学や研究機関なんかで、教職員が権力を利用して学生や部下の研究員なんかに嫌がらせをすることだよ」

「パワハラの一種だな」

「そうだね」

菊川が糸田に尋ねた。

「そういう問題があって、福原教授は大学を追われたということですか？」

「ですから、詳しいことは知らないのです。かなり唐突に、研究室の担当教授が替わると告げられまして……」

青山が質問した。

「担当教授が何かの都合でいなくなる場合、研究室そのものが解散になるんじゃないの？」

「ケースバイケースでしょう。福原研究室の場合、もともと福原教授の補佐役で、瀬戸教授が付いていましたから……」

「瀬戸教授が補佐役で？」

「ええ。瀬戸教授はかつて、福原教授のもとで准教授をやっていましたから」

「それで、瀬戸教授は福原研究室をそのまま引き継いだってこと？」

「そうです」

「福原教授と大竹准教授が作ったファミリーも引き継いだのかな？」

「ファミリー？」

「あなたが言った、確固とした集団のことだよ」

「いいえ、瀬戸教授は、どちらかというと、研究一筋の人で、研究室内の付き合いに関しては無関心でした」

「その点では、あなたと気が合うよね？」

「ええ。昔よりやりやすくなったのは事実ですね。それは認めますよ」

「瀬戸教授は、福原教授と大竹准教授が作ったファミリーには属していたのかな？」

「いいえ。私と同じで距離を置いていました」

「今でもそう？」

「そうですね。ですから、研究室内の取りまとめなどは、主に大竹がやっていました」

「大竹さんは、研究室の中心的な人物だったんだね？」

「そうですね。彼がいないと、何かと不便になるかもしれませんね」

百合根は、「不便」という言葉に違和感を覚えた。同じ研究室の仲間が亡くなったときに使うべき言葉ではないような気がした。

しかし、それが糸田の本音なのだろう。糸田は、それだけ正直だということだ。

青山が言った。

「森川麻里さんに話を聞きたいんだけど、いいかな？」

だろう。

糸田は、ほっとした表情になった。青山の言葉で、自分が解放されると知ったから

糸田は、書物やノート類を手に取ると、立ち上がって言った。

「お待ちください。ここに来るように言いましょう」

糸田は、続き部屋に消えた。入れ替わりで、森川麻里がやってきた。

青山が彼女に言った。

「そこに座ってくれる？」

今まで糸田が座っていた席だった。森川麻里は、不安気にテーブルを囲んでいる者たちの顔を見回した。

そして、やはり青山の美貌に、今さらながら驚いたような表情を見せた。目の前で見ると、やはりインパクトが強いのだろうと、百合根は思った。

青山が森川麻里に尋ねた。

「あなたも、福原教授の時代から研究室にいるんだね？」

彼女は一瞬、戸惑ったような様子を見せた。おそらく、青山から突然、福原の名前を聞いたからだろう。

「ええ、そうです」

森川麻里がこたえた。

「福原先生は、研究室を作るときに、助手を替えたんだって？」

「そうなんですか？　それは私が入る前のことなので知りません」

青山がまた、翠と黒崎を見た。二人は、顔を見合わせた。そして、翠が小さくかぶりを振った。

青山が森川に言った。

「どうして嘘をつくの？」

「えっ……？」

「ここにいる二人には、嘘や隠し事がすべてばれてしまうんだよ」

森川は、翠と黒崎を見た。それから、青山に視線を戻した。

「嘘や隠し事がばれてしまう……？」

「そう。だから、本当のことを言ったほうがいい」

森川は、眼を伏せた。しばらく何事か考えている様子だった。

やがて、彼女は視線を上げて、青山を見ると言った。

「福原先生が、研究室を作るときに、並木さんを助手にしたことは知っていました」

「並木さんが、福原先生のお気に入りだったということだよね？」

しばらく沈黙の間があった。

「そうです。だから、福原先生は激怒したんだと思います」

「激怒……？　いったい何があったの？」

森川は、しまったという顔をした。青山が言った。

「僕たちが、事情を知っているものと思っていたんだね。残念ながら、まだ何があったのか、僕たちは知らない。なぜ、福原教授が激怒したのか、教えてくれない？」

森川は、うつむき唇を嚙んだ。青山は、無言で待ち続ける。

彼女が話し出すのは、時間の問題だと、百合根は思っていた。

10

「並木さんが、大竹先生の論文の手伝いをしたことです」

森川麻里はこたえた。青山が驚いたように言う。

「論文の手伝いをした？　それだけで、福原先生が激怒したというの？」

「ええ……」

「だって、並木さんは研究室の助手なんでしょう？　大竹准教授の手伝いをしたって、別におかしくはないはずだよ」

「福原先生は、並木さんを独占したかったんだと思いますよ」

「あきれたな。並木さんの給料は、大学が出しているんでしょう？　個人的に雇ったわけでもないのに、独占なんてできるはずがない」

「それを、できると思うのが、福原先生だったんです」

「独占欲が強かったということ？」

「それだけじゃなくて、すべて思い通りにならないと気が済まないタイプでした」

「まあ、組織のトップには、そういうタイプは珍しくないけどね……」

「それに、福原先生が怒ったのには、伏線というか、前段階の出来事があったのです」

「前段階の出来事？」

「大竹先生の九州の出張に、並木さんが同行したことがあるんです。それを、福原先生は後で知って、とても不愉快そうだったという話を聞いたことがあります。大竹先生と並木さんが、出張を利用して個人的な旅行をしたんじゃないかと考えたようです」

「……で、実際はどうだったの？」

森川麻里は、肩をすくめた。

「私にはわかりません。でも、ただの仕事だったと思います。出張は、九州の大学でのシンポジウムだったのですが、そのテーマが、並木さんの専門だったのです。大竹先生は、並木さんの知識を必要としたのでしょうし、彼女をシンポジウムに参加している他大学の人たちに紹介しようと考えたようです」

「たしかに、そう聞くとちゃんとした仕事のようだね」

「そのことがあったので、並木さんが大竹先生の論文の手伝いをしたということがわかったとき、福原先生は、ひどく腹を立てたんだと思います。二人が付き合っているのではないかと疑いはじめたのでしょうね。結局、そのときの大竹先生の論文は、福原先生に握りつぶされてしまったと聞きました」

「論文が握りつぶされた？　発表できなかったっていうこと？」

「そうです」

「そんなの、おかしいよ。論文を一本書くのはたいへんな苦労だよ。その苦労が無駄になるなんて考えられない。学術雑誌なんかに、いくらでも発表できるはずだ」

「教授がうんと言わない限り、雑誌に発表などできません。もし、教授に逆らってそんなことをしたら、この大学では一生、日の目を見ることはないでしょう」

「じゃあ、他の大学に行けばいいんだ」

「なかなかそう簡単にはいきません。特に、土壌みたいな地味な研究をしている者は……」

「へえ……。でも、土って面白そうだけどね」

青山がそう言うと、森川麻里は眼を輝かせた。

「そう思いますか？」

「うん。土といっても、いろいろな種類があるんでしょう？」

「そうなんです。もともとは鉱物が地表を覆って（おお）いました。水による浸食や風によって堆積土ができます。さらに植物が腐食してできる腐植土がそれを覆う場合もあります。四大文明は、土がもたらしたと、私たちは考えています」

「四大文明を土がもたらした……？」

「そうです。チグリス・ユーフラテス河の文明、ナイル河の文明、インダス河の文明、黄河文明……。いずれも河がもたらした肥沃な土が、文明を生んだのです」

「土が、文明を生んだ……。なるほど、面白い見方だね」

「土は、あらゆる金属を生み出し、また、さまざまな植物を育てます。土がなくては人は生きていけないし、文明を維持することもできません」

「たしかにそうだね」

森川麻里は、俄然活き活きとしゃべりはじめた。彼女は、心底土壌に興味を持ち、研究することに対して誇りを持っているのだということが、百合根にもはっきりと伝わってきた。

青山は土の話を面白がっている。だが、ここで、彼女から土壌についての講釈を聞いているわけにはいかない。

百合根は言った。

「あの……。その論文の件以来、福原先生と大竹先生の関係は、どうだったんでしょう？」

森川麻里は、とたんに水を差されたように冷めた顔になった。

「当然、ぎくしゃくしますよね。でも、大竹先生がいなけりゃ、研究室は円滑に動きませんから、福原先生も、大竹先生を頼りにせざるを得ません」

百合根はさらに尋ねた。

「パワハラや、アカハラがあったと聞きましたが……」

「まあ、福原先生は、よく言えばカリスマ性があり、悪く言えば自己中心的な性格でしたから、いろいろとありましたよね。大竹先生は、おおらかな性格でしたから、それを受け止めてちゃんと対処なさっていました」

「例えば、どんなことがあったんですか？」

「わざと無理難題を押しつけるとか……。とうていできるはずのない調べ物を、翌日までにやれ、とか……。そういうときに、並木さんや私たち院生が手伝うと、また福原先生の機嫌が悪くなるんです」

青山が言った。

「並木さんが、大竹さんを手伝えば手伝うほど、教授の機嫌は悪くなっただろうなあ。つまり、嫉妬しているわけだからね」

菊川が森川麻里に尋ねた。

「並木さんは、福原教授のことをどう思っていたんだろうな……」

「尊敬はしていたと思いますよ」

「尊敬ね……」

「さっきも言いましたけど、福原先生にはカリスマ性がありましたから」

「福原先生のほうは、並木助手に、特別な感情を抱いていたということだな？」

「そうですね。並木さん、きれいですからね」

「だが、福原教授は所帯持ちなんじゃないのか？」

森川麻里がかぶりを振った。

「いえ、福原先生は、ずいぶん前に離婚されて、お独りだったはずです」

「ほう……」

菊川が言った。「だったら、遊びじゃなくて、本気だったかもしれないな」

青山が菊川に言った。

「所帯持ちだって、本気になるよ。恋愛感情に独身も既婚者も関係ない」

「モラルというものがあるだろう。不倫が当たり前だと思っている人もいるだろうが、そうじゃない人だってたくさんいるんだ」

「感情はモラルと関係ない。どんなにストップをかけようとしても、感情はコントロールできない」

菊川が驚いたように言った。

「感情をコントロールするために、心理学があるんじゃないのか？」

青山はかぶりを振った。

「逆だよ。感情を操ることはむずかしいということを、はっきりと知るために心理学があるんだ」

菊川は、青山に何か言いかけて、あきらめたように眼をそらし、森川麻里に言った。

「福原教授と並木助手の思いには、温度差があったということだな？」

森川麻里は困ったような顔になった。

「それは、並木さんに訊いてほしいですね。私からは何とも言えません」

翠が言った。

「福原教授の勝手な思い込みね。それで、並木さんも大竹さんも迷惑していた……。そういうことね」

翠がこういう発言をするということは、森川麻里のここまでの発言に嘘や隠し事がないということだろう。

森川麻里は、また肩をすくめた。どうこたえていいかわからない様子だ。しばらく考えた末に、彼女は言った。

「まあ、そういうことなのかもしれませんね。でも、どこの研究室でも多かれ少なかれ、人間関係の問題はあるんじゃないですか？」

突き放すような言い方だった。

青山がさらに質問した。

「浦河さんって、あなたと同じ博士課程の人だよね？」

「そうです。私の一年先輩です」

「浦河さんと福原教授の関係って、どうだったの？」

「どうって、普通の関係でしたよ」

翠が青山を見た。

青山が、その視線に気づいたらしく、翠のほうをちらりと見てから、森川麻里に言った。

「今、何か隠そうとしたね？　浦河さんと教授の間で、何かあったんじゃない？」

「別に、隠すなんて……」

翠が青山にうなずきかけた。青山は、黒崎を見た。黒崎もうなずいた。

青山が森川麻里に言った。

「ますます動揺したようだ。僕たちはね、別にあなたの立場を悪くしようと思っているわけじゃないんだ。何があったかを知りたいだけなんだ」

森川麻里は、しばらく何事か考えていたが、やがて言った。

「浦河さんは、福原先生から厳しくされていました」

「ええと……。厳しくされていたって、微妙な言い方だな……」

「はい。微妙な言い方をしましたから……。私からは、そうとしか言えません」

「それはつまり、福原教授からアカハラにあっていたということ？」

「そういうふうに見ていた人もいますね」

「具体的には、どういうことをされたの？」

「面談を申し込んでも、浦河さんはいつも後回しでした。論文はいつも何度も書き直し。それも提出期限ぎりぎりになって、全面的に書き直せ、なんて言われることが度重なって、浦河さん、ちょっと神経症気味になったこともありました」

「浦河さんが、福原教授にそういうことをされる理由が何かあったのかな？」

「理由なんてないと思います。ただ……」

「ただ、なあに？」

「浦河さんは、特に大竹先生と親しかったんです。よくいっしょに飲みに行っていましたし……」

「二人で飲みに……？」

「ええと……」

森川麻里は、ちらりと翠と黒崎のほうを見た。彼らが嘘を見抜いていることに気づいている様子だ。

青山が発言をうながした。

「そう。あの二人がいる限り、嘘や隠し事は無駄だよ。なあに？　話してよ」

「飲みに行くときは、たいてい並木さんもいっしょでした」

「そのことを、福原教授は知っていたのかな？」

「知っていたと思います。それもあって、浦河さんに対する当たりがきつかったんだと思います」

「じゃあ、もともと日常的に、大竹さんと、並木さんと、浦河さんの三人は仲がよくて、それを福原教授は不愉快に思っていたということかな？」

「まあ、そうですね」

「そして、並木さんが、大竹さんの九州出張に同行して、福原教授の怒りは募り、さらに論文の手伝いをしたことで、怒りが爆発したという感じかな」

「そういうことだったと思います」

「それは、いつ頃のこと？」

「一年ほど前のことですね」

「一年前……。となると、修士課程の二人はそのことを知らないかもしれないね」

「柳田君が院生になったのは、今年の四月ですから、もちろん知りません。達村君は、去年の四月から院生ですけど、論文事件が起きたのが、去年の夏ですから、たぶん何が何だか、わからなかったんじゃないかと思います。私たちも、そんなことを修士課程の後輩に説明はしませんでしたし……」

「論文事件と呼ばれているんだね、その一件……」

「ええ、密かに……」

「その論文事件から、福原教授がいなくなるまで約半年だね？」

「そうですね」

「その半年の間に何があったの？」

「何がって……」

「何かあったから、教授は研究室を去り、大学からもいなくなったんでしょう？」

「福原先生が、大竹先生、並木さん、浦河さんの三人に冷淡になったとは感じていましたけど……」

「冷淡になった？　それだけ？」

森川麻里の表情が変化した。扉を閉ざしたように、急に無表情になったのだ。

「これ以上は、私の口からは……」

「大竹さん、並木さん、浦河さん。この三人と福原教授の間で何かあったんだね？」

「わかりません。私は、彼らの関係には立ち入らないようにしていましたので……」

「あ……」

戸口で声がした。

その場にいた全員がそちらを見た。

にきびが目立つ、眼鏡をかけた若者が驚いたように立っていた。

「すいません。お客さんでしたか……」

森川がその若者に声をかけた。

「高杉(たかすぎ)君、何か調べ物？」

「あ、出直します。失礼します」

高杉と呼ばれた若者は、すぐに戸口から姿を消した。

菊川が森川麻里に尋ねた。

「今の方は？」

「高杉栄一君。学部の四年生で、院生を志望しているんで、たまにここに出入りしているんです」

青山がぼんやりしているので、百合根は言った。

「青山さん。質問の続きは……？」

彼は、質問する意欲を急になくしたようだった。

青山の気分の変化だけは、どうしても読めないと、百合根は思った。

森川麻里が言った。

「あの……。私、今日中に片づけなければならないことがありまして……」

青山が言った。

「ああ……。わかった。僕もそろそろ帰りたいな、なんて思ってたんだ」

それ以上質問を続けられる雰囲気ではなくなっていた。青山の態度の急変に戸惑いながら、菊川を見た。

菊川が森川麻里に言った。

「ご協力ありがとうございました。また、お話をうかがいに来るかもしれません。そのときはよろしくお願いします」


研究室を出ると、百合根は青山に言った。

「どうして急に質問を止めてしまったんです？」

「別に理由はないよ。あれ以上質問しても、たいしたこたえは返ってこないと思ったんだ」

「それでもねばってみるべきだと思います」

「おおよそ状況はわかった。それでいいじゃない」

菊川が言った。

「福原教授の行方を追う必要があるな。大学の人事担当者に話を聞いてこよう」

青山が菊川に言った。

「僕たちは、もう用はないよね」

「ああ。だが、俺たちといっしょに車で帰ったほうが楽なんじゃないのか？」

「別に電車でもかまわないよ」

「おまえは、どうしてすぐに帰りたがるんだ？」

「人生は短いんだ。時間を無駄にするのが惜しいと思わない？」

「だいじょうぶだ。おまえはまだまだ長生きするよ」

翠が言った。

「人事担当に話を聞きに行くのに、ぞろぞろと全員で行くことはないわよね」

菊川は、反論しなかった。しばらく考えてから、車のキーを取り出し翠に渡した。

「車で待っていてくれ。俺が行ってくる」

百合根は言った。

「あ、僕も行きます」

「STだけにしてだいじょうぶなのか？」

「彼らだって子供じゃありませんよ」

「子供と大差ないやつもいる」

「だいじょうぶ」

翠が言った。「青山君は、おとなしくさせておくわ」

菊川が百合根に言った。

「じゃあ、行こうか。警部殿」

彼は、廊下を歩き出した。百合根は、そのあとを追った。

11

総務部人事課を訪ねると、人事課長が出て来て言った。

「福原教授のことだとか……」

人事課長は、白髪頭で度の強い眼鏡という、事務職の典型的な風貌だった。年齢は、おそらく四十代後半だろうが、五十歳過ぎに見えた。彼は、菅井と名乗った。

菊川が言った。

「半年ほど前に、大学を辞められたそうですね」

「はい。今年の二月末の頃です。ちょうど、翌年度の準備をしている頃だったので、よく覚えています」

「教授に何があったのですか？」

「わかりません」

「わからない？　辞職の理由を訊かなかったのですか？」

「訊く機会がなかったのです」

「どういうことですか？」

「教授は、姿を消したのです」

「姿を消した？」

「そうです。辞職願を出すとかの手続きを踏んで、大学を去ったわけではありませ
ん。突然、大学に来なくなったのです」

「来なくなった……。どこかの大学に移られたわけではないのですか？」

「そういう話は聞いておりません」

「その後の消息は……？」

「大学のほうでは、何も……」

百合根と菊川は、顔を見合わせた。

いったい、どういうことだろう。

百合根は思った。

教授が姿を消すというのは、大事のはずだ。何が起きたというのだろう。

菊川が質問を続けた。

「その後のことを確認しなかったのですか？」

「ご家族に連絡しました。しかし、大学としてはそれ以上のことはできません。行方
不明者届はご家族が出すことになっているのでしょう？」

「行方不明……」

菊川は、眉をひそめた。「福原教授は、六ヵ月前に失踪したということですか？」

「はっきりしたことは、私どもではわかりかねます。無断欠勤が一ヵ月続いた場合、退職扱いになりますので、その後のことは……」

「その後、ご家族からの連絡は……？」

「ありません」

「ご家族の連絡先を教えていただけますか？」

「ご家族といっても、離婚した奥さんがいるだけですが……」

「お子さんは？」

「いなかったと思います。少なくとも、大学には、その記録はありません」

「行方不明者届は、その離婚した元奥さんが出されたということでしょうか？」

「さあ……。届けを出したかどうかも、我々は把握していません」

「では、その元奥さんの連絡先を教えてください。そして、福原教授の連絡先も……」

「ちょっとお待ちください」

菅井課長は、その場を離れた。しばらくしてメモを手に戻って来た。その紙切れを菊川に渡した。

　菊川はそれを見て言った。

「武井里子。それが、元奥さんのお名前ですか」

「はい。離婚されてから、旧姓に戻されたようですね」

「ありがとうございました」

　菊川は、礼を言って人事課を離れた。

「福原教授の住所は、世田谷区砧四丁目……。所轄は成城署か。連絡して確認に行ってもらおう」

　携帯電話を取り出した菊川を見て、百合根は慌てて言った。

「あ、僕が連絡しておきます」

「警部殿。現場のことは俺に任せておけよ」

　菊川が、携帯電話で成城署に連絡した。

　ＳＴ専用車に戻ると、青山の姿がなかった。菊川が翠に言った。

「青山はどこに行った？」

「忘れ物をした、とか言って、研究室に戻ったわ」

「いつのことだ？」

「菊川さんたちと別れた直後」

百合根は言った。

「じゃあ、二十分ほど前のことですね」

菊川が舌打ちする。

「あいつを一人にするな。何をするかわからんぞ」

百合根は言った。

「だいじょうぶですよ。ああ見えて、青山さんは、ちゃんと物事を考えているんです」

「どうかな」

菊川は、翠に言った。「おとなしくさせておくって約束だったよな？」

「今のところ、別に問題は起こしていないでしょう？」

「おとなしくさせるってのは、つまり、眼を離さないってことだろう」

「そこまでする必要はないわ。菊川さんは、青山君のことを心配しすぎよ」

「面倒さえ起こさなければ何も言わない」

百合根は言った。

「とにかく、連絡してみます」

携帯電話を取り出して、青山にかけてみた。

すぐ近くで、『アイネ・クライネ・ナハトムジーク』が聞こえてきた。青山の携帯電話の着信音だ。

車のドアが開いた。

「キャップ、何の用？」

青山だ。

菊川が言った。

「どこで何をしていたんだ？」

「研究室に忘れ物をしたんで行ってきたんだよ。翠さんにそう言っておいたんだけど」

翠が言った。

「ちゃんとそう言ったんだけどね」

菊川が青山に尋ねる。

「忘れ物って何だ？」

「何だっていいでしょう？」

「刑事はな、何でも知りたがるんだ。何を忘れたんだ？」

「物を忘れたわけじゃない。ちょっと確かめたいことがあったんだ」

「何を確かめたかったんだ？」

「高杉という学部生のことを、ちょっと訊いておこうかと思って……」

「高杉……？　ああ、研究室に顔を出した四年生だな。あいつがどうかしたのか？」

「別に……。彼も研究室に出入りしていた一人ってことになるでしょう」

「修士課程の達村や柳田よりも下だぞ。事件に関係はないだろう」

「そうだね。でも、いちおう訊いておこうと思って」

「森川麻里にか？」

「そう」

「それで、何かわかったのか？」

「いいや。森川さんも、高杉のことは、よく知らないと言っていた」

菊川は、ハンドルに向かうと言った。

「早く乗れ。移動するぞ」

「帰るんだよね？」

「いや。渋谷の松濤に行く」

「何のために？」

「福原教授の元奥さんに会いに行く」

菊川は車を出した。

青山が尋ねた。

「教授の元奥さん？　何のために？」

「福原教授の消息が気になる」

「え、どういうこと？」

百合根は、福原教授が大学から姿を消したことを説明した。

青山が言った。

「どうして急に大学に来なくなったのか、その理由が知りたいね」

菊川が運転しながら言う。

「それを知っているのは、福原教授本人と、誘拐の被害にあった三人……。そのうちの一人はすでに死亡した。そして、二人はとても話ができるような状態じゃない」

「福原教授に直接話を聞ければ一番いいね」

「そういうことだ」

「福原教授は、いくつだっけ？」

「さあてな……。警部殿、いくつだっけ？」

百合根はこたえた。

「たしか、大学を去った時点で五十八歳。現在、五十九歳のはずです」

青山が言った。

「そうか……。それじゃプロファイリングに合わないな……」

菊川がそれを聞いて言った。

「なんだ、福原教授を疑っているのか？」

「当然でしょう。三人を誘拐する動機があるとすれば、福原教授でしょう」

菊川は、しばらく黙っていた。青山が言ったことについて頭の中で検討しているのだろう。

百合根も考えていた。

福原教授が、三人と深い関わりがあることは間違いない。彼らの間にトラブルがあったと言ってもいい。

だが、それが犯行の動機に結びつくだろうか。犯人は、誘拐し、呪いの儀式を装って寄生虫を食べさせたらしい。

その行為からは、激しい憎しみが感じ取れる。福原教授が、被害者三人にそのような憎しみを抱いていたのだろうか。

それについては、まだはっきりしたことは言えないと、百合根は思った。福原教授のことを、もっと詳しく知る必要があった。糸田や森川麻里から話を聞いただけでは、まだ充分ではない。

他の立場の人間からも話を聞く必要がある。あるいは、青山が言ったように、本人に話を聞くのが一番いいのかもしれない。そのためには、福原教授の居場所を特定しなければならない。

菊川が運転するST専用車は、渋谷区松濤の細い路地に入っていった。このあたりは、都内でも指折りの高級住宅街だ。立派な邸宅や高級そうなマンションが建ち並んでいる。

菊川は、そうした高級マンションの一つの前で車を停めた。

「大学で教えてくれた住所によると、このマンションのようだな。行ってみよう」

菊川が車を下りて、玄関に近づいた。百合根は、それについていった。STの三人は車から出ようとはしなかった。

「オートロックだな……」

菊川はつぶやいて、玄関の脇にあるテンキーで部屋番号を打ち込んだ。

返事はない。

「留守かな……」

「管理人室の番号が書いてありますよ」

百合根が言うと、菊川はその番号を押した。ほどなく返事があった。

「はい、管理人室」

「警視庁の者です。こちらにお住まいの武井里子さんにお会いしたいのですが……」

「ちょっと待ってください」

しばらくして、玄関の一枚ガラスの自動ドアの向こうに、白髪頭の痩せた老人が姿を見せた。

彼が内側から自動ドアを開け、手招きした。百合根と菊川は、ドアの内側に足を踏み入れた。

「武井さんに会いたいですって？　何のご用です？」

「それは、ご本人にお尋ねします」

菊川がこたえた。「あなたが管理人ですか？」

「ええ、そうです」

「武井さんの部屋に連絡をしてみたんですが、返事がないので……」

「この時間ですからね。お仕事だと思いますよ」

「お勤めなんですか？」

「……というか、会社を経営されていますよ」

「ほう、社長さんでしたか」

「あるとき、インターネットで個人輸入を始めたんだそうですが、もともとバイヤーのセンスがあったんでしょうな。どんどん収益が増えて、会社を立ち上げることになったんだそうです。そして、会社を作ってみたら、これが今どき珍しい右肩上がり。たちまち、会社が大きくなって、こういうマンションに住めるご身分になったというわけです」

「では、こちらに入居されてそれほど間がないということでしょうか？」

「入居されたのが、二年前だったと思いますよ。いやあ、このご時世でもそういう人がいるんですね。ご本人は、憑き物が落ちたんだ、なんて言ってますがね……」

「憑き物が落ちた……？」

「離婚ですよ。何でも別れた旦那さんは、大学教授だったんだそうですがね……。離婚してからツキが変わったと言っていました」

　この管理人は、話し好きのようだ。もっとも、管理人室には、一人で詰めているのだろうから、退屈しているのも無理はないと、百合根は思った。

普段から、住人と立ち話をしているに違いない。こういう人物の住民に関する情報収集能力はばかにできない。

菊川もそのことを承知しているのだろう。武井里子本人に会いに行く前に、この管理人から、もっと情報を聞き出そうと考えたようだ。

「ツキが変わった？　……ということは、奥さんが事業を立ち上げたのは、離婚されてからなのですか？」

「うーん。細かなことは知らないけど、会社を作ったのは間違いなく離婚してからだね。インターネットでの個人輸入ってのを、いつからやっていたのかは知りません」

「離婚したのは、いつ頃のことなんでしょう？」

「十年くらい前だって聞いたことがありますね」

「離婚の原因が何だったか、知ってますか？」

老管理人は、苦笑した。

「武井さんが、こちらにいらしてまだ二年ですよ。そんな突っこんだ話まではしませんよ。こちらの住人の方々は、みなさん、プライバシーを大切にしますしね……」

この管理人がいる限り、プライバシーについては怪しいものだと、百合根は思ったが、それが決して態度に出ないように気をつけた。

　菊川が質問を続ける。

「武井さんの元ご主人のことは、何か聞いていませんか？」

　管理人は、かぶりを振った。

「大学教授だったということしか知りませんね。どこの大学で何を教えていたかも知りません。武井さんは、元ご主人のことを、あまり話したくないようです。……というか、もう、考えたくもないようですね」

「考えたくない……」

「そうです。だってそうでしょう。離婚して、新たな人生を歩みはじめた。それが今、ものすごくうまくいっている。別れた旦那のことなんて、かまっている暇はないでしょう」

「なるほど……。武井さんは、ここにお一人で住んでおられるのですか？」

「ええ。お一人ですよ」

「お子さんはいらっしゃらないんですね？」

「いらっしゃらないと思います」

「頻繁に訪ねて来るような方はいらっしゃいませんか？」

「男ということですよね？」

「いえ、男性女性に限らず……」

「いや、そういう人はお見かけしませんね。武井さんは、夜遅くまで会社にいらっしゃることが多いようです。仕事が生きがいなんだと思いますね」

「武井さんの会社をご存じですか？」

「ええ、もちろん。連絡先を記録してありますよ」

「差し支えなければ、お教え願えますか？」

「どうしたもんでしょうね。昔は、すぐにお教えできたんですが、最近は個人情報とかにうるさいでしょう……」

「警察の捜査に協力するためという明確な理由があれば、問題ありませんよ」

「そうなんですか？」

管理人が、百合根のほうを見た。

百合根にもよくわからない。だが、菊川の言うとおりにして問題はないという気がした。

「ええ、そうです」

百合根がこたえると、管理人は納得したようにうなずき言った。

「ちょっと待っててください」

管理人室は一階の奥にあるらしい。彼はそちらに消えていった。すぐに戻って来た
管理人は、ノートを見ながら言った。

「ええと……。武井さんの会社は、ですね……」

『タケイ輸入商会』という会社名だった。百合根は、社名と所在地、電話番号を手帳
にメモした。

菊川が管理人に言った。

「ご協力、ありがとうございました。会社のほうに行ってみます」

管理人は、ふと不安そうな表情になって言った。

「私が、あれこれしゃべったってこと、武井さんには言わないでほしいんですがね
……」

菊川はうなずいた。

「わかっています。あなたのことは言いません」

管理人は、念を押すように言った。

「頼みますよ。住民とのトラブルはごめんなんでね」

百合根と菊川がＳＴ専用車に戻ると、青山が言った。

「もうとっくにお昼を過ぎてるよ。ご飯にしようよ」

菊川が時計を見た。

「もうそんな時間か……。だが、もう少し待ったほうがいいな。渋谷あたりだと、午後一時頃まで、飲食店が混み合っている」

「一時まで待てばいいんだね？」

「昼飯の前に、もう一仕事だ。武井里子の会社に行ってみよう」

青山が尋ねた。

「会社？」

菊川がうなずく。

「離婚してから会社を作ったら、それが大成功したという話だ」

「へえ……」

「会社名が『タケイ輸入商会』っていうんだが、なんだか地味でぱっとしない名前だよな」

「そうかな。わかりやすくていいと思うよ。インターネットとかだと、わかりやすいほうがいいんだ。検索に引っかかりやすいし……。かっこいいつもりで、変に外国語の名前をつけたりすると、ネットの世界では埋もれてしまうし、かえってかっこよくないんだ」

「そんなもんかね……」

二人のやりとりを聞いていて、おそらく青山の言うとおりだろうと、百合根は思っていた。

インターネットの普及は、いろいろな価値観を変えてしまった。たしかに、検索エンジンに引っかかりやすいというのは、インターネットの世界では大切なことだ。

そして、わかりやすいものほど、検索しやすいのは事実だ。

青山が言うように、ネットの世界では、あえて地味で野暮(やぼ)ったい名称を使用する傾向が強くなってきているような気がする。

菊川が車を出した。

『タケイ輸入商会』の所在地は、神宮前(じんぐうまえ)だった。車で十分とかからない。

地味なビルの前に車が停まった。

「ここだな」

菊川が言った。「行ってみよう」

翠が菊川に言った。

「私たちはどうするの？　また車の中で待ちぼうけ？」

菊川は、ふと考え込んだ。

「五人も訪ねていったら、相手は驚くだろうな」

「私と黒崎さんがいると、何かと便利なんでしょう？」

「それはそうだが……」

「あまり退屈させると、青山君がどこかに行っちゃうかもしれないわよ」

菊川が百合根に尋ねた。

「こう言ってるが、どうする？　警部殿」

「たしかに、『人間嘘発見器』がいてくれると助かりますね」

翠が言う。

「キャップまで、そんな呼び方するわけ？」

菊川が言った。

「よし、わかった。全員で行こう」

12

ビルの外観同様に、オフィスも質素だった。武井里子の自宅マンションのほうが、ずっと豪華できれいだった。

『タケイ輸入商会』のオフィスは、ビルのワンフロアを借りているようだ。机の島にノートパソコンがずらりと並んでいるだけの簡素なものだった。

受付もない。ドアを開けてオフィスに入っていくと、近くの席の女性が席を立って応対した。

不安気な顔をしている。やはり五人で訪ねるのは、相手に対してプレッシャーになるようだ。

「何かご用でしょうか？」

菊川が、手帳を出して開き、言った。

「警視庁の菊川といいます。社長の武井さんにお会いしたいのですが……」

「少々お待ちください」

彼女は、オフィスの奥にあるドアの向こうに消えた。作業中の人々は、真剣にパソコンの画面を見つめている。百合根たち五人を気にしている様子もない。作業に熱中しているということだろう。

さきほどの女性が戻ってきて告げた。

「こちらへどうぞ」

奥の部屋に案内された。社長室として使っているのだろうが、その部屋もオフィス同様に質素だった。

飾り気のないテーブルがあり、その周囲に椅子が並べられている。すぐに打ち合わせや会議ができるようにしてあるのだ。

そのテーブルに、肉付きのいい女性が向かっていた。

その女性が言った。

「警察の方ですって？　ご用件は？」

菊川が言った。

「武井里子さんですね？」

「ええ、そうですが……」

「福原靖之さんのことで、ちょっと……」

「ああ……」

武井里子は、小さく溜め息をついた。「やはり、そのことですか……。大学で、事件があったことはニュースで知っています」

「誘拐された三人が所属していた研究室は、もともとは福原さんが担当されていたそうですね」

「まあ、おかけください」

「失礼します」

五人はテーブルを囲んで椅子に座った。武井里子は、STの三人を見て怪訝そうに尋ねた。

「あの……。失礼ですが、あなたたちも警察官なんですか？」

青山がこたえる。

「警察官じゃないけど、警察の組織に所属している」

百合根が補足した。

「彼らは、科学捜査の専門家です」

「科学捜査……」

「そう」

青山がこたえる。「僕たち三人がそろえば、尋問の相手が何を考えているかわかるんだ。嘘や隠し事は無駄だよ」

青山以外の誰かが言ったのなら、脅迫めいて聞こえただろう。

武井里子は、ほほえんだ。

「あら、怖い」

青山もほほえんでいた。

「そう。だから、隠し事なんてしちゃだめだよ」

「別に隠し事をするつもりはありませんよ。それで、何が訊きたいんです？」

菊川が質問を始めた。

「福原靖之さんとは連絡を取り合っていますか？」

「いいえ。別れてから、ほとんど連絡を取っていません」

「では、彼が大学を去られたことは？」

「大学から連絡がありました。無断で長期欠勤をしていると……。何かあったのかと尋ねられましたが、私は知らないとこたえました。本当に知らなかったんです」

「そのとき、福原さんと連絡を取ろうとなさいましたか？」

「いいえ。もう、福原とは縁が切れていますから……」

「では、行方不明者届も出しておられないということですね？」

「行方不明者届……？　福原が失踪したというのですか？」

「大学ではそう言っています」

「自宅は調べてみたんですか？」

「まだです。事件との関わりが判明したのが、今朝のことなので……」

「私のところに来る前に、まず福原の自宅を調べるべきじゃないですか？」

「所轄に連絡を取りました。今頃、署員が自宅を訪ねていると思います」

武井里子は、戸惑った様子でつぶやいた。

「いったい、どういうことかしら……」

「大学から連絡があったときに、福原さんの消息を確認されなかったのですか？」

「しませんでした。繰り返しますが、私と福原の縁は切れていたのです」

武井里子の言葉は冷淡なものだった。だが、不思議とそれほど冷ややかに聞こえないと、百合根は感じていた。

彼女の態度がそう感じさせるのだろうか。

ふくよかだが、太りすぎではない。その体格や物腰が、円満な人格を感じさせる。表情が活き活きとしていて、なかなか魅力的な人物だと、百合根は思った。

菊川が尋ねた。

「では、大学から無断欠勤が続いていると聞いたときに、行方不明者届などは出しておられないのですね？」

「失踪したかどうかも確認していませんでしたから……」

武井里子は、少しばかり困ったような表情になった。「届けを出すべきだったのでしょうか？」

「それはまだ、何とも言えません。福原さんは、自宅におられるのかもしれない」

「もし、いなかったとしたら……？」

「あなたに責任はないと思います。本当に、連絡を取られていないのですね？」

「取っていません」

「大学から姿を消した理由について、何か心当たりはありませんか？」

「さあ、具体的には……」

「具体的には心当たりはないけれど、何か想像はつくということですか？」

武井里子は、小さく肩をすくめた。

「ああいう性格ですからね。何があったか、だいたい想像がつきますよ」

「ああいう性格と言いますと？」

「一言で言うと、福原は暴君ですね。何もかも、自分の思い通りにならないと気が済まないのです。当然、周囲と摩擦もあったでしょう。若い頃にはぶつかる人も多かったですし……」

「カリスマ性があるという人もいましたが……」

「そう。人の性格には、必ずいい面と悪い面がありますからね。福原の性格がよいほうに出れば、目的達成能力がきわめて高い、ということになります。それが研究の分野に活かされると、大きな成果を出すこともあります」

「人の上に立つのに向いている性格ということでしょうか」

「上に立つのがいいかどうかはわかりません。もしかすると、一人で研究するのが向いているのかもしれません。福原が上に立ったら、下につく人はたいへんだと思います」

「研究室を引き継がれた瀬戸教授が、補佐をされていたそうですね」

「瀬戸さんが、研究室を継がれたのですか……。瀬戸さんは、同じ学科の後輩でした。たしか、福原の三年下で、福原が博士課程二年目に進んだときに、大学院に入ってきたはずです。その頃から、福原に付いていたようです」

「大学院で親しくなられたということでしょうか」

「そうだと思います。学部の四年と一年では、あまり接点はないでしょうから」

「そんなもんですかね……」

百合根は、武井里子の言うことが理解できた。四年になると履修する科目も少なく、あまり大学に出てこなくなる。理系だと卒業研究が忙しいはずだ。

もし、部活でいっしょなら、それなりに接点はあるだろうが、四年になるとほとんど部活にも出てこなくなるので、一年生と触れ合うことはあまりないだろう。

菊川がさらに質問した。

「研究室にいらした方々をご存じですか？　例えば、准教授の大竹さんとか……」

「いいえ。私たちが別れたのは、もう十年も前のことになります。それから、福原とは連絡を取っていませんし、研究室ができたことも知りませんでした」

「では、並木愛衣さんもご存じないのですね？」

「ナミキ・アイさんですか？　いいえ、知りません」

菊川は、ちらりと翠のほうを見た。翠は何も反応しない。武井里子は嘘をついていないということだろう。

「では、福原さんが、どうして大学から姿を消したのかは、ご存じないのですか？」

「知りません。大学の方にも申し上げたのですが、もう福原とは家族ではないので、お力にはなれないと……」

「お仕事は順調のようですね」

「ええ、おかげさまで……。ネットのことを悪く言う人は多いですよね。無責任な書き込みが多いとか、引きこもりを助長しているとか……。でも、ネットにはビジネスチャンスがいっぱいあることも確かなんですよ」

「個人輸入から始めて、ここまで会社を大きくされたのだそうですね」

「ええ。来年には、ネットだけではなく、現物を展示して販売できるスペースを都心に確保する予定です」

菊川はうなずいて、百合根を見た。

「何か、質問することはあるか？」

百合根は、青山を見た。

青山が言った。

「どうして離婚したの？」

百合根はあからさまな青山の質問に驚いた。これも、おそらく青山以外の者にはできない質問だ。

そして、百合根はすぐに武井里子の反応をうかがった。

彼女は、青山を見てほほえんでいた。

「我慢の限界が来たからです」

「我慢の限界……？」

「そう。私は、結婚してからずっと我慢してきたの。相手は暴君。そして、私は奴隷。でも、それが夫婦というものだと、ずっと自分に言い聞かせてきました。夫が稼ぎ、自分はそれに依存するしかない。ずっとそう考えていたんです」

「そう考えていたのなら、何も問題はないんじゃない？　世の中の多くの夫婦が同じような状態にあると思うよ。日本では、亭主関白が多数派だと思う」

「そのまま、一生を終える人もいるかもしれませんね。でも、私は違った。あるとき私は、自分で自分をだましていることに気づいたのです」

「自分で自分をだましている？」

「そう。今のままでいることが幸せなんだ、大学教授の妻でいることが幸せなんだと、自分に言い聞かせていたのです。結婚したからには、専業主婦として生きていくことが正しいことなんだと……。でも、あるとき、それが間違いだと気づいたんです」

「どうして気づいたの？」

「自分でもお金を稼げるんじゃないかと思ったからです」

「個人輸入で？」

「そうです。最初に輸入したのは、小さな陶器の人形でした。ブログでその写真を投稿したら、何件かコメントがあったんです。自分もぜひ手に入れたいが、どうしたらいいいか、という問い合わせもありました。私はうれしくなって、代わりに輸入をしてあげることにしたんです。それがそもそもの始まりでした」

「そういうことが増えていって、やがて、輸入代理業ができるという自信がついたんだね？」

「そうなんです。人の役に立ってお金がもらえる。なんてすばらしいことなんだろうと思いました。そして、だんだん自分が家庭に縛りつけられているように感じてきました」

「そして、ついに我慢できなくなった……」

「私は四十五歳を迎えました。そのときに、考えたのです。人生を変えるなら、そろそろ覚悟を決めなければならない。五十歳を迎えるまでに決意しないと、手遅れになってしまう、と……。それから、三年ほど悩みました。そして、ついに私のほうから離婚話を切り出したのです」

「福原さんは、何と言ったの？」

武井里子は、淋しげな笑みを浮かべた。

「ああ、そうか、って……」

「それだけ？」

「たぶん、福原も驚いたことでしょう。そして、ショックだったんだと思いたい。でも、彼の口から出たのは、その一言だけでした。そのとき、私は思いました。何が何でも離婚しようと……」

「じゃあ、福原さんが浮気したとか、そういうことじゃないんだね？」

「違います」

青山が翠を見た。翠がかすかにうなずいた。

それを見て、武井里子が言った。

「どう？　私は嘘をついていたかしら？」

青山がこたえた。

「いや、嘘も隠し事もないみたいだね」

彼女は、再びにっこりとほほえんだ。

「それはよかったわ」

ＳＴ専用車に戻ると、百合根は菊川に尋ねた。

「成城署のほうはどうでしょう」

菊川が言った。

「まだ連絡はないが、訊いてみよう」

携帯電話を取り出してかけた。

しばらく相手とやりとりをしてから電話を切り、菊川が言った。

「福原の自宅は、無人だそうだ。ずいぶん前から人が住んでいなかった様子だと、地域係が言っていたそうだ」

「行ってみなくていいでしょうか？」

菊川は即座にこたえた。

「もちろん、行ってみるさ」

青山が言った。

「そこに行くことに緊急性はないよね？」

菊川がこたえる。

「まあな」

「だったら、先にお昼にしようよ」

菊川が時計を見た。百合根もつられて同じことをした。

午後一時半になろうとしていた。菊川が言う。

「珍しく、俺はおまえと同意見だよ。飯にしよう」

菊川は、車を出すと百合根に言った。

「福原が大学からいなくなったことと、武井里子は無関係のようだな」

「そうですね。離婚したのが十年ほど前。それからほとんど連絡を取っていないということでしたから、大学でのことは知らなかったでしょうね」

青山が言った。

「でも、いちおう気にはしていたみたいだね」

菊川がハンドルを操りながら青山に尋ねる。

「気にしていた？　何をだ？」

「福原さんのその後について……」

「そうか？　俺にはきっぱり縁を切り、まったく無関心のように思えたがな……」

「僕たちが福原さんのことで訪ねて来たんだと告げたら、武井さんは言った。ああ、やっぱり、ってね……」

「ニュースで大学の事件を知ったと言っていたからな……」

「テレビのニュースや新聞では、研究室のことには触れていないはずだ」

「そうなのか？」

「僕はチェックしてみたからね」

「だが、それがどうした」

「福原さんが担当していた研究室で事件があったと報じられたのならいざ知らず、大学で事件があったというだけで、普通、自分のところに警察官が来ると思うかな」

「俺は訪ねる側だから、よくわからんな」

「それに、今は瀬戸研究室だよ。福原研究室じゃない。研究室の名前も違うんだ。武井さんは、研究室にいる人たちのことを知らないと言っていた。なのに、僕たちが訪ねて行ったら、ああ、やっぱり、と言ったんだ」

「それは、プロファイリングか何かをする上で、重要なことなのか？」

「さあね、わからない」

二人の会話を聞いていた百合根は、青山の言葉に肩すかしを食らったような気持ちになった。菊川も同じだったのだろう。

「なんだよ……」

彼は、そう言うとBunkamura近くの駐車場に車を入れた。通りに出ると、すぐさ段を下った。

ま青山が言った。

「ここがいい」

通りに面したビルの地下にあるイタリアンレストランだった。全員で、地下への階段を下った。


食事の後、ＳＴ専用車に戻ろうとすると、青山が言った。

「僕らは、福原さんの自宅に行く必要はないよね」

菊川が言った。

「結城の耳や、黒崎の鼻が役に立つかもしれない」

「僕は帰っていいよね」

「きっと、福原の部屋はものすごく散らかっているぞ」

「ふん。別に僕は散らかっている場所が好きなわけじゃないよ」

「失踪した大学教授の部屋が、どんなありさまか、興味はないのか？」

青山が少し落ち着かない様子になった。

百合根が言った。

「行って、見てみませんか？」

「しょうがないなあ」

青山が言った。

結局また、五人全員が車に乗り込んだ。そして、福原の自宅がある砧四丁目に向けて出発した。

13

福原が住んでいたのは、こぢんまりとしたマンションだった。いちおうオートロックだが、どれくらいの防犯効果があるか疑問だと、百合根は思った。

オートロックは物理的というより心理的な防犯設備だと、百合根は思っていた。ちょっと頭を使えばマンション内に侵入することは簡単だ。

しかし、犯罪者心理として、オートロックのマンションは敬遠したくなるはずだ。

間取りは、2ＬＤＫ。一人暮らしとしては贅沢な広さだ。広めの物件を使っていた理由は一目でわかった。

おびただしい数の書物と書類で、一部屋が埋め尽くされていた。書物と書類は、その部屋には収まりきっていない。リビングや寝室にも書棚があり、ぎっしり詰め込まれている。

キッチンにはカウンターがついており、そこにも本が積まれていた。

ソファの前にある低いテーブルにも書類の束が積まれている。

部屋に入るなり、青山がつぶやいた。

「わあお……」

彼は、散らかっている場所が好きなわけではないと言った。

嘘ではないが、正確でもないだろう。

きちんと片づいた場所にいると落ち着かなくなるのだ。

彼は、幼い頃から潔癖症で、ちり一つ落ちていても、小さな染みがついていても我慢ならなかったそうだ。

だが、生活していると、ちりや埃、染みなどを皆無にすることは不可能だ。どんなに身の回りをきれいにしてもきりがない。

逆に散らかすことで、極小のちりや埃、染みなどを身の回りから排除するむなしい努力から救われたのだ。

つまり、潔癖症が一回りしてしまったというわけだ。

菊川が青山に言った。

「やっぱり、こういうところが好きなんだろう？」

「人間が生活するのに最高の環境だと思うよ」

「この雑然とした部屋が、か？」

「そうじゃなくて、書物がある環境だよ。書物は知性を生み出す。書物に囲まれた環境というのは、ある意味で理想的なんだ」

「今は、書物を電子データとして保存できる。だから、別に書物に囲まれなくても、ノートパソコンが一台あれば、事足りるわけだ」

「理屈としてはそうだね。でも、世の中の多くの書物は電子化されていない。だから、より多くの書物に触れようとすれば、こうして実際の書物に囲まれることになるわけだ」

たしかに、青山が言うとおり、雑然としているが、その部屋は、一種の厳かさを感じさせる。

それは、知性の荘厳なのかもしれないと、百合根は思った。

菊川が成城署と連絡を取り、さきほど部屋の様子を見に来てくれた地域課の係員に、再び足を運んでもらっていた。

制服を着た係員は、百合根と同じくらいの年齢で、巡査部長の階級章をつけていた。

菊川が彼に尋ねた。

「このマンションは、分譲なのか？　賃貸なのか？」

「分譲です。地域課の記録によると、十年前からここに住んでいるようですね」

「じゃあ、離婚してここに引っ越して来たということだな……」

「はあ……」

地域課の係員は、曖昧な返事をした。

おそらく、福原のことなど何も知らないのだろうと、百合根は思った。

彼は、「部屋を調べろ」と言われて、ここを訪ねて来たに過ぎないのだ。事情は何も聞いていないはずだ。

菊川の言葉も、彼に対する質問ではないだろう。STのメンバーや百合根に聞かせるためか、自分自身で確認するための言葉だ。

菊川がさらに尋ねた。

「ここの住人が、いつごろから姿が見えないか、誰かに聞いてみたか？」

「あ、いえ……。部屋の様子を確認するように、と言われただけですから……」

「鍵はどうした？」

「ここのマンションの管理を請け負っている不動産会社に連絡して、借りました。部屋を開けるときは、その会社の社員に立ち会ってもらいました」

「その会社というのは？」

地域課の係員は、名刺を取り出して、菊川に見せた。菊川は、それをしばらく見つめてから、百合根に手渡した。

『世田谷エステート』という会社の、井田貴幸という社員だった。肩書きがないので、おそらく若い平社員だろう。

百合根は、その氏名と会社名、連絡先をメモして名刺を地域課の係員に返した。

「電気は通っているようね」

翠が、冷蔵庫を指さして言った。彼女の耳には、冷蔵庫が発するかすかな音がはっきりと聞こえているのだろう。

菊川が台所に行き、ガステーブルの着火と水道を確認した。火は点き、水は出る。住人がいなくても、ライフラインは保たれている。

地域課の係員が言う。

「電気、ガス、水道については、自分も確認しました」

菊川が言った。

「つまり、ちゃんと料金が支払われていたということだな？　本人が払ったのか？」

「確認していませんが、今は口座振替やクレジットカード払いにしているのが一般的ですから、預金さえあれば、自動的に支払われますよね」

「それも確認しておこう」

百合根は、「不動産会社、銀行」とメモした。

「おい、勝手に歩き回るな」

菊川が青山を見て言った。

青山は、部屋の中を歩き回り、書物を興味深げに見つめている。

彼もみんなと同様に、ビニール製のキャップと靴カバー、それに手袋を着けている。科学捜査の専門家なのだから、現場を荒らす恐れはないはずだが、菊川は心配の様子だ。

菊川は、青山のことを放っておくことができないのだ。警察組織のやり方からはみ出してしまいそうになる青山の面倒を見るのは、自分の役割だと思い込んでいるようだ。

百合根も青山のことは気になる。だが、百合根はある程度青山を信頼している。

いや、菊川が彼を信頼していないということではないだろう。やはり、性格の問題だろうか。

昔は二人のやり取りにはらはらしていたものだが、今ではむしろほほえましい気持ちで見ることができるようになった。

百合根は青山に尋ねた。

「何か、気になるものを見つけましたか？」

「福原って教授は、小説なんかは読まなかったんだね」

菊川が尋ねる。

「それがどうかしたのか？　珍しいことじゃないだろう」

「菊川さんの自宅にも、小説の本とか、置いてないわけ？」

「そりゃ、まったくないわけじゃない」

「そうでしょう？　でも、この部屋には、一冊もないんだ」

「一冊もない？」

「ざっと見て歩いただけだけどね、本は研究に関するものばかりだ。娯楽で本を読むことはなかったようだね」

「そりゃ、仕事でこれだけの本を読んでいたら、小説なんて読む気にならなかっただろう」

「でも、本を読む習慣がある人は、娯楽でも読書をする傾向があるんだ」

菊川は、ふと考え込んだ。

百合根は青山に尋ねた。

「それって、何か問題なんですか？」

「問題かどうかはわからない。でも、福原教授は、けっこう特殊な人かもしれない」

菊川が言った。

「一言で言えば暴君だと、武井里子も言っていた。カリスマ性もあったってことだから、特殊といえば特殊だろうな」

青山は、それ以上何も言おうとしない。百合根は、それが気になった。

「特殊って、どういうことですか？」

「今はまだ、はっきりしたことは言えないね」

青山がにわかに慎重になった気がした。それはなぜだろうと百合根は考えていた。

すでに青山の言ったことに興味をなくしたらしい菊川が、翠に尋ねた。

「冷蔵庫の音以外に、何か気づいたことは？」

「私は特にない。でも、黒崎さんが、冷蔵庫の中で何かが腐敗していると言っている」

菊川が黒崎をちらりと見て言った。

「分析すれば、いつ頃から食料が放置されているかわかるだろうな」

菊川が冷蔵庫のドアを開ける。

百合根は、ひどく腐敗して黴が生えた食物を想像して、おそるおそる、脇から覗き込んだ。

思ったよりひどくはなかった。食べ物があまり入っておらず、冷蔵庫がずっと働いていたからだろう。

菊川が言った。

「牛乳のパックがあるな。卵にマーガリン……。こいつは、ポテトサラダかな……」

コンビニかスーパーで買ったものだろう。プラスチックのパックに入った、サラダの食べ残しだった。

おそらく、牛乳や卵が腐敗しているのだろう。冷蔵されていても、腐敗はゆっくりと進行する。

野菜室も、長い間放置されていたにしては、それほどひどいありさまではなかった。ニンジンとタマネギがあったが、腐敗するのではなくひからびていた。

葉物が少しだけあり、それが腐っていた。

百合根は言った。

「あまり、料理をしていた様子はありませんね」

「見る限り、典型的な男の一人暮らしだな」

黒崎が台所のほうに眼をやった。百合根はそれを見て気づいた。

「洗い物はちゃんとしてあるみたいですね。ゴミも片づいています」

菊川が、バスルームへ行き、洗濯機の蓋を開けた。

「洗濯物も溜まっていない」

百合根は菊川に言った。

「どうやら、トラブルに巻き込まれて急に姿を消したというわけではなさそうですね」

「ああ。福原は、ある程度片づけをしてからこの部屋を出た。ただし、冷蔵庫の中身をすべてきれいにするほど徹底して片づけたわけじゃない……」

「何日かで帰ってくるつもりだったと考えていいでしょうね」

「あの……」

地域課の係員が言った。「いったい、何があったのでしょうか……」

菊川が言った。

「この部屋の主が、失踪したんだ」

「失踪……？　でも、あの……」

「何だ？」

「人がいなくなったというだけで、本部の方が、それも大人数で調べにやってくるんですか……」

「世田谷署管内で、連続誘拐事件が起きたのを知っているか？」

「ええ……。でも、被害者は、みんなすぐに解放されたんでしょう？」

「詳しくは説明できないが、その被害者のうち一人が死亡し、他の二人も病院に収容されている」

　地域課の係員は、怪訝な表情になった。

「それは初耳ですね……」

「死亡者が出たのは昨日のことだ。被害者たちの症状について、誘拐との因果関係がはっきりしていないので、情報の扱いは慎重にやっている」

「それで報道されていないんですね」

「だが、それも時間の問題だと思う。いつまでもマスコミの眼から逃れることはできない」

「それで、この部屋の住人は、その事件とどういう関係があるんですか？」

「それも、詳しくは説明できないが、この部屋の住人は、被害者たちと関係が深かったんだ」

「部屋の様子からすると、作家かジャーナリストか……。いや、さっき、そちらの方が、本が研究に関係したものばかりだとおっしゃっていたので、大学の先生か何かでしょうか……」

「ほう、なかなか鋭いじゃないか」

「大学の先生が失踪……。それだけでも、ちょっとした事件ですが、三件の誘拐事件の被害者と関係があるとは……」

百合根は地域課の係員に言った。

「他言は無用ですよ。上司にもそのことは報告しないでください」

「じゃあ、日誌にどういうふうに記録しておけばいいんでしょう。次の班に申し送りもしなければなりません」

「長期間行方がわからなくなっている人がいて、その住居を我々が確認に来たとだけ、記録してください」

「我々というのは？」

「STです」

「あ……、科学特捜班の方々でしたか……」

菊川が言った。

「捜索じゃないぞ。あくまでも、住人がいるかどうかの確認に来たんだ」

これはたてまえだが、こういうところをきちんと確認しておかないと、後で面倒なことになりかねない。

警察は役所なので、いちいち細かいのだ。そして、法律に関することなので、うっかりしたことはできない。

「確認ですね。了解しました」

係員は言った。「そう記録しておきます」

菊川が、黒崎に尋ねた。

「何か、特に気になることはないか?」

黒崎は、ゆっくりと周囲を見回している。見ているというより、嗅いでいるのだろう。やがて、彼は菊川に視線を向けて、かぶりを振った。

特に気になることはないという仕草だ。

この部屋で、過去に異変があったなら、黒崎の嗅覚が何かを捉えるはずだ。たとえば、おびただしい量の血が流れたなどという場合だ。

菊川が翠に言った。

「あんたは、どうだ?」

「隣の住人が在宅のようね。話を聞いてみたら?」

彼女の耳が、壁越しに隣の物音をキャッチしたようだ。

分譲用のマンションで壁が厚いらしく、百合根には、何も聞こえない。やはり翠の耳は特別なのだ。

「青山はどうだ？」

菊川はうなずいてから、言った。

書斎として使われているらしい部屋から、青山が顔を出して言った。

「なあに？　呼んだ？」

「他に何か気になることはあるか、と訊いたんだ」

「机に、ACアダプターのコードが伸びている。これって、たぶんノートパソコン用の電源アダプターだね。つまりノートパソコンがなくなっている。本人が持って出かけたんだろうね」

「それはわからんぞ」

菊川が言った。「本人の身柄とパソコンの両方を誰かが奪ったということも考えられる」

青山は、リビングルームの中を一瞥して、言った。

「この部屋でトラブルがあったとは思えない。机の上も片づいていたし……」

「それがどうした」

「教授ともなれば、常に書き物を抱えているはずだ。論文とか、著作の原稿とかね。そういう場合、机の上は資料の山になっているはずだよ」

「世の中、あんたのような人ばかりじゃない。毎日仕事が終わったら、ちゃんと机を片づける人だってたくさんいるんだ」

おそらく菊川自身がそうなのだろうと、百合根は思った。百合根も毎日机上を片づける。警察では、その点をうるさく指導される。

「警視庁ではなく、形式庁だ」などと言われる所以だ。

青山はかぶりを振った。

「研究や執筆というのは継続的な仕事だ。そして、継続的な思考をする人というのは、毎日机を片づけたりはしない。だから、歴史上有名な研究者や発明家の机はひどく乱雑だったと言われている」

「歴史上有名な研究者や発明家って、誰のことだ」

「アインシュタインやエジソン」

「じゃあ、福原の机が片づいているというのは、どういうことなんだ？」

「たまたま、仕事が一段落したタイミングだったのか、あるいは、資料もまとめて持って出かけたか……。パソコンを持って出かけているということは、資料も持って行ったと考えるべきだと思う……」

その言葉に、しばらく菊川は考え込んでいた。やがて彼は言った。

「結城が言ったように、隣で話を聞いてみようか」

福原の部屋を出て、向かって右隣の部屋を訪ねた。こういう場合、地域課の係員に声をかけさせるのが一番だ。制服がものを言うのだ。

玄関ドアをあけて顔を覗かせたのは、五十代とおぼしき女性だった。見たところ、専業主婦だろうと、百合根は思った。この時間に自宅にいることからも明らかだ。

「警察……？」

女性は、怪訝な顔で言った。「何のご用ですか？」

地域課の係員と代わって菊川が質問した。

「お隣の福原さんについて、ちょっとうかがいたいのですが……」

「ああ、福原さんなら、しばらく姿が見えませんよ」

「いつ頃から、姿が見えないんでしょう」

「そうねえ……。ずいぶんお見かけしてないわねえ……。冬からずっとだから、半年くらいになるかしらね……」

「部屋にいなかったということですね？」

「確かめたわけじゃないですけどね。物音が一切しなかったので、おそらくいなかったのでしょうね」

「なるほど……」

「あまりお付き合いがなかったんですよ。福原さんは一人暮らしのようでしたし……」

「近所づきあいをされるような人じゃなかったと……」

「そうなんですよ」

青山が尋ねた。

「女の人が訪ねて来たことはなかった？」

「あら、あなた警察の人？」

「そうだよ」

「芸能人かと思った……。女の人ね……。私の知る限りでは、そういうことはありませんでしたね」

「ふうん……」

再び、菊川が尋ねた。

「では、福原さんがどちらにお出かけになったか、心当たりはないでしょうね」

「ありませんね」

菊川は質問を終わりにして、礼を言った。

14

百合根たちは、午後三時頃にいったん世田谷署に戻った。

山吹が言った。

「何か収穫はありましたか？」

百合根がこたえた。

「研究室の前任の担当教授が、半年前から行方がわからなくなっています」

「ほう……。それは気になりますね」

「福原という名のその教授は、被害者の中の並木愛衣にご執心だったということです」

「おや、不倫ですか？」

「いえ、福原教授は、十年前に離婚しており、その後ずっと一人で暮らしていたようです」

菊川が補足するように言った。

「その福原は、なかなか問題がある人のようでな……」

山吹が聞き返す。

「問題がある？」

「パワハラだよ。並木愛衣を独占したがっていたようだ。だから、並木に近づくやつにパワハラをやっていたようだ」

「なるほど、それが半年前から行方不明……。事件と関係がありそうですな」

菊川が言う。

「重要参考人ってところかな」

「つまり、被疑者の可能性が高いということですね？」

「そうだな……。被疑者と考えるのはまだ早いかもしれないが、事件に深く関与している可能性は高いと思う。青山もそう言っている」

青山が言った。

「でも、最初のプロファイリングに合わないんだよね……」

山吹が青山に尋ねる。

「たしか、若くて体力がある人物が犯人だということでしたね？」

「そう。快楽型ではなく、秩序型だというところは一致するんだけどね……」

「その教授は何歳なんですか？」

「たしか、五十九歳だと、キャップが言ってた」

「若くもなく、体力もあるとは思えませんね……」

「そうなんだよね」

菊川が言う。

「最初のプロファイリングが間違っているんじゃないのか？」

青山が言い返した。

「だからね、そんなはずはないと言ってるでしょう。もっとも基本的なプロファイリングだからね」

「それはもう聞いたよ。だとしたら、犯人は別にいる、ということだな」

「少なくとも、実行犯は別だ、ということだと思う」

「なんだ、発言が慎重だな」

「判断材料が増えるのは、もちろんいいことだけど、それだけ複雑になって、考えなければならないことが増えるってことだからね」

「まあ、慎重なのはいいことだ」

そこで、菊川はふと気づいたように言った。「赤城の姿が見えないが、どうした？」

山吹がこたえる。

「病院です。並木愛衣と、浦河俊介の様子を見に行くと言って……」

菊川は、何も言わずにうなずいた。

赤城は、職業意識と責任感の強い男だ。様子を見に行っても、被害者たちが快方に向かうわけではない。

だが、じっとしていられなかったのだろう。人嫌い、一匹狼と言いながら、人一倍他人に気をつかうのが赤城だ。

所轄の亀岡と西脇は、どうしているのだろうと思い、百合根は山吹に尋ねた。

「所轄の二人から、何か連絡はありませんか？」

「一度、連絡がありました。夕方には戻る、ということです」

百合根はうなずいた。赤城と、亀岡たちの帰りを待つことにした。

午後四時半頃に、赤城が帰ってきた。

百合根は赤城に尋ねた。

「二人の様子はどうでした？」

赤城は驚いたように言った。

「俺がどこに出かけたと思っているんだ？」

「山吹さんから聞きましたよ。並木愛衣と浦河俊介の様子を見に行ったのでしょう？」

赤城は、山吹を一瞥した。山吹は泰然(たいぜん)としてほほえんでいた。

赤城が百合根に言った。

「容体は変わらない。だいたい、広東住血線虫症は、発症してから症状が二週間から四週間続くんだ。その間は、対症療法をするしかない」

菊川が尋ねた。

「まさか、その二人も、大竹みたいに死亡するんじゃないだろうな」

「そのようなことがないように、病院ではできる限りのことをやっている。前にも言ったように、広東住血線虫症は、それほど死亡率が高くない。自然に緩解(かんかい)・治癒する。そして、予後は悪くない」

「二人が回復することを祈るばかりだな」

赤城が逆に菊川に尋ねた。

「そっちはどうなんだ？　何かわかったのか？」

菊川は、百合根とともに山吹に伝えた事柄を繰り返した。

「じゃあ、一刻も早くその福原という教授を見つけるべきだろう。こんなところで、何をやっているんだ」

　青山が赤城に言った。

「福原の居所を探すのは、僕たちの仕事じゃないでしょう」

「他にやることがないのなら、そいつを探せばいい」

「僕は、プロファイリングを進めるよ」

「今日は朝から、キャップや菊川といっしょにいろいろな話を聞いたんだろう？　プロファイリングに進展があるんじゃないのか？」

「これから、慎重に考えてみるよ」

　どうやら、「慎重」というのが、今の青山のテーマらしい。

　赤城が戻ってから一時間ほどして、亀岡と西脇が戻ってきた。

　亀岡が菊川に報告した。

「車に関する目撃情報がありました」

「いつのことだ？」

「最初の誘拐のときだと思います。大学の駐車場に、誘拐された大竹の車とは別の車が駐車していたそうです」

「目撃者は何者だ？」

「近所の住人です。田中英夫、七十六歳。犬の散歩で近くを通りかかり、目撃したそうです。メタリックグレーのハッチバックだったということです」

「車種は特定できなかったのか？」

「ええ……。でも、その車が駐車場にあったことを覚えていただけでも、たいしたものだと思いますよ」

「メタリックグレーのハッチバックか……。最もありふれた車だと言ってもいいな……。だが、まあ、目撃情報があったのはありがたい。その車を当たってみてくれ」

「はい。そちらはどうです？」

菊川はもう一度、福原教授のことを説明した。

話を聞き終わると、亀岡が言った。

「なるほど……。それは急いで所在を確認する必要がありますね」

「不動産会社と銀行を当たろうと思っていたのだが、この人数だとフットワークが悪くてな……」

「そちらは、俺らがやりましょう。まず、福原という教授がどこの銀行に口座を持っていたかを確認しなければなりません」

「じゃあ、頼むよ」

「しかし、福原というのは、とんでもないやつですね」

西脇が言った。「勝手に助手を好きになった挙げ句に、立場を利用して独占しようとするなんて……」

青山が言った。

「そこまでなら、よくある話なんだよ」

西脇が聞き返す。

「そこまでなら……？　それ、どういうことですか」

「上司のパワハラで、部下が苦しむ。あるいは、権力を持った男の身勝手で、女性が辛い思いをする……。そういう話は世の中にあふれている。そして、実は、そうした関係は意外と安定していて、状況としては誰も不幸になっていない場合が多い」

翠が言った。

「聞き捨てならないわね。上司と不倫をした女とかは、たいてい不幸な目にあうのよ」

「それって、自分は不幸だと、女性が思える状況ではあるよね。でも、冷静に一歩離れて見ると、女性は金銭的に苦労をしていないだろうし、むしろ本妻よりも自由で、しかも愛情も注（そそ）がれている、という状況なんだ。問題は、不倫や愛人関係にある女性が、自分は不幸だと思いたがることなんだ」

「未来のない関係の行く末を思うと、不幸を感じるのは当たり前じゃない」

「どんな関係であれ、その未来なんて、誰にもわからない。付き合っていたって別れることがある。婚約が破棄されることもある。結婚しても離婚するかもしれない。だいたい、結婚が幸せとは限らない。だから、不倫だって、条件は同じなんだ」

「未来に期待を持てるか、そうでないかは、大きな違いよ」

「どんな状況でも期待は持てる。そして、多くの場合、その期待は裏切られる。たいていの人は、そのことに気づかない」

翠は、肩をすくめた。

「なんだか、煙に巻かれたような気がする。理屈では納得できるだけに、腹立たしいわね」

「おそらく、世の中の大半の女性が、そう言うだろうね」

西脇が言った。

「あの……、それで、そこまでなら、よくある話だっていうのは、どういうことなんですか?」

青山がこたえた。

「福原に交際を強要され、断るに断れず、苦しむ、ということなら、よくある話だ。研究室の中で福原は頂点にいる。大きな影響力と発言力があり、おそらく助手の人事も思うがままなんだろうからね。でも、それだけなら、今回のような事件は起きない」

「はあ……」

「もし、パワハラやアカハラが犯行の動機となるのなら、犠牲者は、福原のほうじゃないとおかしい。でも、犠牲者は、パワハラ、アカハラを受けていたと思われる三人だ」

「あ、そうですね……」

百合根は言った。

「それは、いったいどういうことなんでしょう……」

「犯人が言ったんだよね。『ひどいこと』をした、と……。彼らは、いったい誰に『ひどいこと』をしたんだろう……」

菊川が、思案顔で言った。

「福原は、家庭でも研究室でも、暴君のように振る舞っていたようだ。パワハラやアカハラもあっただろう。だが、半年前のある日、突然姿を消した……。つまり、三人が『ひどいこと』をした相手というのは、福原だったのかもしれない」

青山がうなずいた。

「それで、話の筋は通る」

菊川がさらに言う。

「つまり、こういうことか？　福原のパワハラ、アカハラに耐えかねた大竹、浦河、並木の三人が、福原に何か仕返しをする。それにショックを受けた福原は、大学から姿を消し、さらに自宅を出る。そのまま、現時点でも戻って来ていない、と……」

亀岡が言った。

「じゃあ、福原が被疑者ということになりますね……」

青山が言う。

「でも、それじゃ、僕の基本的なプロファイリングに合わないんだ」

百合根は言った。

「それに、誘拐したのが福原教授だったとしたら、いくら顔を隠していても、三人にはわかってしまうんじゃないですか？　声や背格好をよく知っているはずですし……」

「臭いとか……」

黒崎が、ぼそりと言った。滅多に発言しない彼の言葉だったので、みんなが一斉に注目した。だが、黒崎が発したのは、その一言だけだった。

「そう。普段はあまり意識していないけれど、個人を識別するのに、臭いも大きな要素だと思う」

翠が言った。「体臭もそうだし、普段使っている化粧品とか、その人の雰囲気を構成する要素として、臭いは無視できない。近しい人の臭いならば、きっと気づくはずよ」

亀岡が言った。

「じゃあ、共犯者がいる、とか……」

菊川がうなずいた。

「それは、充分にあり得ることだな」

青山が言った。

「だとしたら、その共犯者も、怒りを共有しているということになるね」

百合根は赤城に尋ねた。

「並木さんと、浦河さんに、話を聞けないでしょうか？」

「二人ともかなりの熱があり、激しい頭痛を訴えている。医者が面会を許さないだろうし、会ってもまともに話ができる状態とは思えない」

「じゃあ、何があったかを知るためには、福原教授を見つけて話を聞くしかありませんね」

菊川は、わずかに顔をしかめて言った。

「俺は、全国の身元不明の遺体を当たってみる」

百合根には、菊川が顔をしかめた理由がわかった。刑事なら、当然考えることだ。だが、行方不明者が、死んでいるかもしれないと考えるのは、決して愉快なことではない。

百合根は言った。

「お願いします。青山さんは、プロファイリングを進めてください。赤城さんは、病院のほうをお願いします。もし、並木さんや浦河さんから話が聞けるようなら、彼らがやったと犯人が言った『ひどいこと』について、質問してみてください」

「わかった」

赤城が言った。「だが、おそらく、最低でも二週間は話が聞けないと思う。あまり期待しないでくれ」

青山が言った。

「明日も、研究室で話を聞きたいんだけど……」

百合根は驚いて言った。

「今日の話じゃ不充分だったということですか？」

「どうせなら、まだ話を聞いていない人にも会ってみようかと思って……」

菊川が言った。

「いちおう、俺が全員から話を聞いたんだがな。その結果、今日話を聞いた二人に絞ったはずだ」

「福原教授についての話を聞いて思ったんだ。全員の福原教授に対する反応を、直接見てみたいって……」

「二度手間だな。最初からあんたが会いに行けばよかったんだ」

「福原教授のことを知る前に会いに行っても、あんまり意味はなかったと思うよ」

「まあ、捜査員は、何度でも話を聞きに行くもんだがな……」

「じゃあ、明日も行こうよ」

「あんたのプロファイリングの役に立つんだな？」

「もちろん」

菊川は、「しょうがない」というように、小さく溜め息をついてから言った。

「今日は、糸田准教授と森川麻里に話を聞いた。あとは、瀬戸教授と、修士課程の二人だな。達村と柳田だ」

青山が言った。

「それと、学部生の高杉も」

菊川が怪訝な顔をした。

「学部生は研究室のメンバーとは言えないだろう。話を聞く必要があるのか?」

「正式なメンバーでないとしても、研究室に頻繁に出入りしているようだから、話を聞く必要はあると思うよ」

「わかった。その四人だな。明日また、研究室を訪ねてみよう」

亀岡が言った。

「じゃあ、俺たちは、不動産会社と銀行から始めて、福原教授の足取りを追ってみます」

菊川が亀岡に言った。

「人手がなくて、何かとたいへんだが、よろしく頼む」

「わかりました」

それから、菊川は青山に言った。

「明日も八時半集合だ。だいじょうぶだろうな」

「問題ないよ」

翠が菊川に尋ねた。

「私たちはどうするの？」

「今日と同じ態勢で臨む。あんたらにも、付き合ってもらう」

ＳＴの面々が菊川の指示に何か文句を言うようなことがあったら、間に入ろうと、
百合根は身構えていたが、結局、誰も異論を唱えようとはしなかった。

百合根は、拍子抜けしたような気持ちで世田谷署を出た。

15

翌日、同じ時刻に研究室を訪ねた。

今日も暑くなりそうだと、百合根は思った。このところ、午前中は晴れていても、午後になって局地的に雨が降ることがある。南国のスコールに似た降り方だ。まるで、東京が熱帯か亜熱帯になってしまったようだ。

昨日と同様に、森川麻里が応対してくれた。

「あら、またですか？」

彼女は目を丸くした。

菊川が言った。

「連日、申し訳ない。今日は、瀬戸教授と修士課程の二人、そして、学部生の高杉君にお話をうかがいたいのですが……」

「あら、今日も大人数ですね。まあ、お入りください」

午前中だというのに、どんどん気温が上がってきている。研究室内は冷房が効いており、ありがたいと、百合根は思った。

昨日と同じ場所に案内された。テーブルを囲んで席に着く。

森川麻里が立ったまま言った。

「ええと……、今日は金曜日だから、瀬戸教授の講義は、午後一時からですね。たぶん、昼頃にはここに来ると思います」

菊川が尋ねた。

「院生の二人は、どうしてるかな？　話を聞けるとありがたいんだが……」

「待ってください。電話してみますね」

彼女は、続き部屋へ消えていった。彼女の席はそちらにある。しばらくして、戻って来た。

「達村がつかまりました。図書館にいるので、すぐにこちらに来るそうです。柳田も、なんとか連絡をつけてみます」

「すいません。お手間を取らせます」

森川麻里は、迷惑そうな顔ひとつせずに言った。

「いいえ。しばらくお待ちくださいね」

彼女は、また続き部屋に消えていった。

百合根は、こうして一般人の日常に踏み込まざるを得ないことが辛かった。警察官なのだから、そんなことを気にしてはいられない。

それはわかっているのだが、どうしてもそういうことが苦手な性分だった。森川麻里のように、すんなりと受け容れてくれると、ほっとする反面、申し訳ないと思ってしまう。

菊川は、その点、どう思っているのだろう。おそらく、何も考えていないに違いない。あるいは、仕事と割り切っているのだろうか。

菊川が青山に言った。

「あんたが直接話を聞きたいと言ったんだから、質問は任せるぞ」

青山がこたえた。

「うん。そのつもりだよ」

それからほどなく、ひょろりとした若者がやってきて言った。

「あの……。また、話を聞きたいんだとか……」

菊川が百合根たちに言った。

「彼が、達村洋次君だ」

青山が言った。

「ああ、そこに座ってよ」

その席は、翠の正面に当たる。達村は、翠を見て、目のやりどころに困ったように、目をそらした。

翠は今日も露出過多ぎみの服装だ。

まず、菊川が達村に言った。

「何度も申し訳ないが、また質問しなければならなくなってね」

「はあ……」

菊川が青山を見る。

青山が質問を始めた。

「去年の四月から院生になったんだよね？」

「はい、そうです」

「つまり、一年五ヵ月前から院生だということだよね？」

「そういうことになりますね」

「じゃあ、大学院に入ったときは、瀬戸研究室じゃなくて、福原研究室だったんだよね」

「そうでした」

「急に担当教授が替わって、戸惑っただろうね」

達村は、頭を傾げ考えている。いかにも気弱そうで、頼りない感じがする。

「別に戸惑いはしませんでしたね。福原研究室時代にも、瀬戸先生は研究室にいらっしゃいましたし……」

今どきの若者だなと百合根は思った。外部の人間の前で、自分の身内に尊敬語を使っている。

尊敬語と謙譲語をちゃんと使い分けられないのだ。まあ、若者に限ったことではない。いい大人でも、そういう人は少なくない。

ましてや、達村はまだ社会に出ていない。無理もないかと、百合根は思った。

「福原教授は、人の好き嫌いが激しかったと聞いたけど、どうだった?」

「どうでしょう……。僕らは、下っ端なので、まだよくわかりません」

青山が翠を見た。翠は、小さく首を傾げる。よくわからない、ということだろうか。青山は続いて黒崎を見る。黒崎は、かぶりを振った。

緊張を表す体臭の変化はないということだ。人間は、緊張をしたり興奮したりすると、発汗や興奮物質の分泌により体臭が変化するのだ。

もちろん、普通の人にはなかなかわからない。だが、黒崎の嗅覚はそれを捉えることができる。

この場合、翠は判断できず、黒崎は変化なしと判断した、ということだろう。

青山が質問を続けた。

「研究室の雰囲気とか、なんとなくわかるんじゃないの?」

「雰囲気ですか……。僕らから見ると、福原教授は雲の上の人ですから、教授がいるときは、ただ緊張していただけです……」

「瀬戸教授に替わって、そのへんはどうなったの?」

「そうですね……。めちゃくちゃ緊張することはなくなりましたね。調べ物も減りましたし……。自分の時間が増えました」

「瀬戸教授に替わってよかったということ?」

「楽にはなりましたね。でも、何て言うんでしょう……。福原教授の時代には、得体の知れないエネルギーがありましたね。みんなが緊張していましたし、それがいいほうに作用したときは、爆発的な力があったように思います。大げさに言えば、不可能を可能にするような力です」

「へえ……。達村君は、福原教授時代を評価しているんだね?」

「……というか、僕は学部時代、福原先生に憧れて研究者を目指していましたからね」

「カリスマ性があったんだね？」

「ええ、この人なら、未来を変えてくれると、信じさせてくれる雰囲気がありましたね」

なるほど、カリスマと暴君は、コインの表裏の関係なのかもしれないと、百合根は思った。

青山が尋ねた。

「突然、福原教授が大学を辞めたのは、どうしてだと思う？」

「さあ、僕にはわかりません」

「教授が大学を辞める前に、研究室内で何かあったのかな？」

「別に何もなかったと思います」

翠と黒崎が顔を見合わせて、かすかにうなずきあった。もちろん青山はそれに気づいた。

「今、君は嘘をついたね」

「え……、いや、嘘なんて……」

青山は、翠と黒崎を親指で示して言った。

「どうしてこの二人がここにいるかわかる？」

「あ……。あの……、警察の人だからでしょう？」

「この二人は、人間嘘発見器って言われていてね。彼らの前では、嘘や隠し事がすべてばれてしまうんだ」

「いえ、ですから僕は、嘘なんて……」

「何かがあって、福原教授は大学を去った。そして、その出来事を、君は知っている。そうだね？」

「いえ、僕は……」

もう、翠と黒崎の助けを借りるまでもない。百合根の眼にも、達村がうろたえていることは明らかだった。

青山が言った。

「余計なことを言って、面倒事に巻き込まれるのが嫌なんだろう？　でもね、ここでしゃべらないと、もっと面倒なことになるよ」

「え……？」

「何か知っていて、それを隠しているとわかったら、僕たちは何度でもやってくる。そうすると、学内で何か悪い噂が立つかもしれない。最悪の場合、警察に身柄を拘束される」

達村の顔色がだんだん悪くなっていった。

もちろん、青山が言っていることは脅しに過ぎない。だが、一般人が言うのと違い、警察官の脅しは効き目がある。

警察沙汰になるというのは、一般人にとってひどく面倒で、また恐ろしいものなのだ。

警察官は、その力を乱用してはいけないと百合根は常日頃思っている。だが、もしかしたら、無意識のうちに一般人を脅かしているかもしれない。それに慣れてしまうのが恐ろしかった。

青山は、おそらく意識してそれをやっているのだろう。

「いえ、隠しているわけではなく、本当によく知らないんです」

「でも、君は緊張し、うろたえたよね？」

「噂があったんです。僕も、その噂は知っていました」

「どんな噂？」

「大竹先生と、並木さんが付き合っていることを、福原教授が知ってしまったという噂です」

百合根は、思わず菊川と顔を見合わせていた。

青山の質問が続いた。

「二人が付き合っていることを、福原教授が知ってしまった……。本当に、大竹准教授と並木さんは付き合っていたの？」

「さあ、それは知りません。もしかしたら、わざとそういうことにしたのかもしれません」

「わざとそういうことにした？　なぜ？」

「そうすれば、福原教授から迫られることもなくなると、並木さんが考えたんじゃないでしょうか？」

「なるほどね……」

本当に付き合っていたかどうか、本人たちに確認したくても、大竹はすでに死亡している。並木愛衣は、入院中で話を聞ける状態ではないということだ。

「その噂、研究室の人はみんな知っていたのかな？」

「誰が知っているか、僕は知りません。ただ、修士課程の僕が知っているくらいですから、上の人は知っているんじゃないですか」

「瀬戸教授や、糸田准教授も？」

「ああ、あの二人はどうでしょう。研究第一で、人間関係とかにまったく興味がなさそうですから」

それは、菊川からも聞いていた。

「広東住血線虫って知ってる？」

「え……？」

青山が唐突に話題を変えたので、達村は戸惑った様子だった。

「広東住血線虫だよ」

「ええ、聞いたことありますね。でも、何だったろう……。正確に覚えていないです」

青山が翠と黒崎を見て、今の発言が嘘かどうかを確かめた。

翠と黒崎は同時にかぶりを振った。

「わかった。もういいよ」

青山が、また唐突に言った。

菊川が慌てた様子で言った。

「もう質問はいいのか？」

「うん。菊川さん、何かあれば、訊いたら？」

「ええと……。警部殿はどうだ？」

百合根はこたえた。

「いえ、僕は特にありません」

菊川は、達村に言った。

「ご多忙のところ、ご協力いただき、ありがとうございました」

「あの……」

達村は、中途半端に腰を上げ、言った。

「警察に連れて行かれるようなことはないですね？」

菊川が言った。

「ええ、おそらくだいじょうぶだと思いますよ」

達村が出て行くと、百合根は青山に尋ねた。

「彼にプレッシャーをかけていましたね」

青山は肩をすくめた。

「基本的なプロファイリングに、彼はマッチしているからね」

「若くて、体力がある。そして、秩序型の犯人となり得る知性と立場があるということですね」

「そう。だけど、彼は、犯人なら知っているはずの、広東住血線虫のことを知らなかった」

菊川が言った。

「彼は共犯者で、ただ主犯に言われるとおりに行動したということも考えられる。だとしたら、広東住血線虫のことを知らなくても不自然じゃない」

青山はかぶりを振った。

「達村は、農学を専門に勉強しようって学生だよ。カタツムリか何かの肉片を使うとなれば、何をしようとしているのか、だいたい見当がつくでしょう」

「どうかな……」

そこに、森川麻里が顔を出したので、会話が中断した。

「瀬戸教授と連絡が取れました。講義の前、十分か十五分くらいなら、話ができるということですが……」

青山がこたえた。

「それでいいよ」

「それから、柳田はこちらに向かっているので、あと十分か十五分ほどで到着すると思います」

菊川がもう一度礼を言った。

向こうの部屋に行こうとする森川麻里を、青山が呼び止めた。

「ちょっといい？」

「ええ……」

「最初に菊川が質問したとき、何か隠し事をしていたらしいけど、それって、もしかして、大竹さんと並木さんが付き合っていたという噂のこと？」

森川麻里は、決まり悪そうな顔になった。

「あら、さすがに警察ですね……。別に隠すつもりはなかったんですが、わざわざ自分から言い出すこともないと思って……」

「二人が付き合っていることを、福原教授が知ってしまったということなんだけど、本当に付き合っていたの？」

「さあ、どうなんでしょう。ただ、いっしょに九州に行ったりしていましたからね」

「昨日は、仕事で行っただけだと言わなかった？」

彼女は、肩をすくめた。

「まあ、そう言っておいたほうが無難でしょう。実際は、どうだったのか、本人たちにしかわからないんだから……」

「あなたは、旅先で二人に何かあったと思っているんだね？」

「……っていうか、何かあってもおかしくはないと思いますよ。二人とも、被害者意識を持っていましたしね。それを互いに吐き出したり慰めあったりしているうちに、どうにかなることだってあるでしょう」

「被害者意識って、福原教授からの被害ってこと？」

「そうです」

「パワハラやアカハラだね」

「並木さんの場合は、セクハラも入るでしょうね」

「関係を強要されていたということ？」

「うーん、強要って言うんじゃないなあ……。なんか、暗黙のプレッシャーというか……」

「暗黙のプレッシャーね……」

「そう。だから、余計に始末に負えないんですよ。はっきりと何かをされたんだったら、対処のしようもあるでしょう？」

「警察に相談するとか？」

「その前に、大学に訴えればいいんです。セクハラが問題になったら、もう大学にはいられませんからね」

「なるほど……」

「でも……」

「でも、何だい？」

「そうなると、訴えた方も無傷では済みませんけどね……」

「どういうこと？」

「セクハラの場合、被害者も注目を浴びます。噂になったり、中傷を受けたり、結局被害者のほうも、大学からいなくなる例が少なくないようです」

「福原教授の場合は、違ったね。処分されたわけでもないのに、姿を消してしまった。並木さんは、別にセクハラの訴えを出したわけでもない……」

森川麻里がかすかに笑った。

「ここまで言ったんだから、本音を言っちゃいますね。並木さんは、うまく立ち回ったと思いますよ」

「へえ、そうなの？」

「福原教授にかわいがられて助手にしてもらったんです。研究室の中では、かなりの発言力がありましたよ。並木さんが言うことは、教授の意見、みたいな風潮がありましたから。彼女は、それを利用していたくせに、一方で福原教授を煙たがっていたんです。つまり、おいしいとこ取りですよね。挙げ句の果てに、大竹先生とくっついて……」

青山が翠を見た。彼女は肩をすくめた。

黒崎は、青山を一瞥してすぐに眼をそらした。

青山は、森川麻里に言った。

「大竹さんと並木さんが本当に付き合っていたかどうかは、わからないんでしょう?」

「付き合ってるに決まってますよ。あの女なら、福原先生に付かず離れずを続けながら、大竹先生と付き合うことくらい平気でやれますよ」

口調が激しさを増してきた。

森川麻里の背後から声が聞こえた。

「あのう、お呼びでしょうか?」

彼女が振り向く。

「ああ、待っていたわ」

百合根たちのほうに向き直ると、森川麻里は、一気に冷めた表情になって言った。

「柳田君が来ました」

青山が森川麻里に言った。

「いろいろと参考になったよ」

彼女は、不安気な表情になった。

「あの……。私、うっかり余計なことを言っちゃったようです」

青山がほほえんで言った。

「わかってる。誰にも言わないから心配しなくていいよ」

森川麻里は、不安そうな表情のまま、続き部屋に去って行った。

入れ替わりで、柳田晴夫が入って来た。

16

「柳田君は、今年の四月から院生になったんだっけ？」

青山が尋ねると、柳田がこたえた。

「ええ、そうです」

彼は、達村が座っていたのと同じ席に座っている。

「そのときは、すでに福原研究室じゃなくて、瀬戸研究室になっていたんだよね？」

「はい」

「そのことについて、どう思った？」

「正直言って、ちょっとがっかりしましたよね」

そう言ってから、柳田は続き部屋への出入り口のほうを見た。

「がっかりした……？」

「ええ」

柳田は声を落とした。「だって、僕が大学院に進もうと思ったのは、福原先生に憧れていたからなんですよ」

「福原教授がいなくなった理由について、何か知ってる？」

「噂は聞きましたよ」

「噂？」

「九州出張事件とか、論文事件とか……」

「大竹准教授と並木助手の……」

「はい」

「それについてはどう思ったの？」

「そんなことで、福原先生が大学を辞めちゃったことが、すごく意外でした」

「大竹准教授や並木さんに対しては、何か思った？」

「別に……。僕ら将来のことを考えるので精一杯なんですよ。今は、瀬戸教授のもとで研究に精を出すしかありません」

「広東住血線虫って知ってる？」

「え……？」

柳田は、きょとんとした顔になった。

「えーと……。ええ、知ってます。たしかネズミが宿主になる寄生虫ですよね。それが何か……」

「中間宿主が何か知ってるよね？」

「ええと、アフリカマイマイとかですよね」

「感染するとどうなる？」

「髄膜脳炎を起こすことがあると……」

そこまで言って、柳田が驚いたように眼を見張り、青山に尋ねた。

「あ……。大竹先生たちは、広東住血線虫に感染したんですか？」

青山は、その質問にはこたえなかった。

「質問は以上だ。ありがとう」

百合根は、驚いて青山を見た。

「もう終わりですか？」

青山がこたえた。

「うん。もういい」

百合根と菊川は、顔を見合わせた。

柳田が部屋を去ると、菊川が青山に言った。

「ずいぶんとあっさりしていたな」

「そう？」

「もっと訊くことがあったんじゃないのか?」

「何を訊くのさ」

菊川が考えながら言う。

「それを考えるのがあんたの仕事だろう」

「だから、もう訊くことはないと言ってるじゃない」

それから、瀬戸教授がやってくるまで、しばらく待たされた。その間、青山は何も話そうとしなかった。なんだか、沈んでいるようにも見える。

百合根は、時折青山が、そういう表情をすることを知っていた。

「お待たせしたようですね」

瀬戸教授がやってきて、テーブルに着いた。「何か、お訊きになりたいことがあるとか……」

青山がさっそく質問を始めた。

「福原教授がいなくなった経緯について訊きたいんだけど……」

瀬戸教授は、ちょっと顔をしかめた。

「突然、大学に来なくなってしまったのですよ。私にとっても青天(せいてん)の霹靂(へきれき)でしたね」

「研究室の担当教授にはなりたくなかったということ?」

「まだ、何の準備もできていなかったんです。大学から、福原教授の後の面倒を見てくれと言われて、ひどく面食らいましたよ」

「それから、半年経って、どう?」

「どう、というのは……?」

「研究室の雰囲気とか……」

「雰囲気も何も……。この騒ぎですからね」

「大竹准教授たちを誘拐した人に心当たりはある?」

「見当もつきませんね」

「福原教授を巡る人間関係を観察していると、何かわかるんじゃないかと思うけど……」

瀬戸教授はかぶりを振った。

「私は、そういうことには関心がないんですよ。福原教授の研究や指導のサポートをすることで忙しかったですしね」

「サポートはたいへんだったの?」

「福原教授は、機関車のような人でした。すさまじいエネルギーで前へ前へ進もうとする。でも、学術の世界は検証が何より大切なんです。教授の奔放な思いつきについて、なんとか検証しようと資料を漁るのが、私たちの役目でした。でも、私にとってはそれが楽しかったし、勉強にもなったのです」

「研究室では、福原教授のやり方を継承しているのかな？」

「彼の真似は誰にもできません。いい意味でも悪い意味でも」

「悪い意味でも？」

瀬戸が肩をすくめた。

「人間関係で不愉快なことがあったからといって、普通は研究室を放り出したりはしませんよね」

「福原教授は普通じゃなかったということ？」

「もちろん、普通じゃありません。彼はカリスマです。同時にひどくわがままな子供のようなところがあったのです」

青山はうなずいた。

「どうも、ありがとう。参考になった」

百合根は、やはりそうか、と思った。青山の質問があまりにあっさりとしている。

瀬戸が立ち上がった。

「では、失礼します」

彼は、続き部屋に消えていった。

百合根は青山に言った。

「瀬戸教授への質問も短かったですね」

「そう？　まあ、この後、講義があると言っていたからね……」

「もしかしたら、すでにプロファイリングが完成して、犯人の目星がついているんじゃないですか？」

青山は、さらに沈んだ表情になって言った。

「さすがにキャップにはわかるんだね。そう。プロファイリングはほぼ完成している。ただ、もう少しだけ確かめなければならないことがある」

菊川が言った。

「犯人は誰なんだ？」

「だから、今はまだ言えないんだってば」

菊川が何か言おうとしたとき、また森川麻里が戸口から顔を出して言った。

「学部生の高杉君が来ましたけど……」

青山が言った。

「入ってもらって」

森川麻里が高杉を呼んだ。高杉が部屋に入って来た。にきび面で眼鏡をかけた若者だ。

青山が彼に言った。

「そこに座って」

高杉は無言でテーブルに着いた。青山が質問を始めた。

「高杉君は、学部の四年生だね？　大学院に入る予定だって？」

高杉は、テーブルの上を見つめたままこたえた。

「はい、そうです」

そのとき、百合根は、翠と黒崎が視線を交わしたのに気づいた。翠が当惑したような顔をしている。黒崎も眉間にしわを刻んでいた。

二人はいったい何に気づいたのだろう。百合根はそれが気になっていた。

青山の質問が続く。

「瀬戸研究室に入るということだね？」

「そういうことになりますが……」

「が……？」

「僕は、あくまで福原教授の研究の跡を継ぎたいと思っています」

質問にこたえるときも、彼の視線は、テーブルの一点に注がれたまま動かない。緊張しているのだろうか、と百合根は思った。

「福原教授に憧れて、大学院に入ろうと思ったんだね？」

「そうです。福原教授から直接指導を受けられる。それだけを楽しみに、勉強してきました」

「突然、教授がいなくなったと聞いて、さぞかし、残念に思っただろうね」

「仕方がありません。教授が決めたことです」

「どうして教授がいなくなったか、君は知ってる？」

「いいえ。知りません」

相変わらず、高杉の視線は動かない。

青山が翠と黒崎を見た。高杉が嘘をついているかどうか、確かめたかったのだろう。だが、翠は困惑（こんわく）した表情のままだった。黒崎も反応しなかった。

青山が高杉に眼を戻した。

「福原教授と、大竹准教授、そして、助手の並木さんの間に何があったか、君は知らないのかな？」

「知りません」

青山は再び、翠と黒崎を見た。やはり翠は怪訝な顔をしている。黒崎は無表情だった。

青山が質問を続ける。

「大竹准教授、浦河さん、並木さんの三人が誘拐されたことは知ってるね？」

「はい」

「大竹准教授が亡くなったことも？」

「知っています」

「誰が誘拐したか知っている？」

「いいえ」

「福原教授がどこにいるか、知ってる？」

百合根は、この質問に驚いた。だが、それを表情や態度に表すわけにはいかない。じっと高杉を見つめていた。

高杉にも変化はない。ただテーブルの一点を見つめたままこたえる。

「いいえ、知りません」

「広東住血線虫って知ってる？」

「はい、知っています」

「その幼虫に感染するとどうなるか、知ってるよね」

「はい」

「どうなるの？」

「髄膜脳炎を起こすことがあります」

「大竹准教授、浦河さん、並木さんの三人は、髄膜脳炎を起こしたんだ」

百合根はこの発言にも驚かされた。余計なことを言わないように、青山に注意しようと思った。

だが、菊川が無言でそれを制止した。百合根は菊川の顔を見た。菊川は小さくかぶりを振った。

青山のやりたいようにやらせておけ、ということだ。それで、百合根は気づいた。

今青山の邪魔をしてはいけない。

百合根は、高杉の様子を見た。彼は、席に着いてからずっと同じ姿勢だ。彼は、言った。

「そうですか」

「でも安心してよ。浦河さんと並木さんは、もう回復して、ぴんぴんしているから」

高杉が顔を上げた。そして、青山を見る。彼は笑った。

「それはよかったです」

その笑いに、百合根は不自然な印象を受けた。なぜかはわからないが、笑うべきではないタイミングで笑ったような気がした。いかにも晴れ晴れとした表情だが、それがわざとらしかった。

そして、青山の一言にも違和感があった。彼はまだ、浦河と並木が回復したかどうか知らないはずだ。

青山は言った。

「もう一度訊くけど、君は本当に、福原教授が今どこにいるか知らない？」

高杉は、まっすぐに青山を見たままこたえた。

「知りません」

「ありがとう。質問は以上だ」

高杉は、青山を見つめたまま立ち上がった。それから、何も言わず続き部屋への戸口のところまで行き、振り向いて礼をした。礼儀正しいが、百合根はやはりその行動にも不自然さを感じた。ロボットか人形が礼をしているようだった。

菊川が青山に尋ねた。

「これで、研究室の関係者全員から話を聞いたことになる。プロファイリングのほうはどうなんだ?」

「必要なことは聞いたと思うよ。署に戻ろうよ」

ますます青山の表情が暗くなったと、百合根は思った。


昼食を済ませ、午後二時半頃、世田谷署に戻った。

署で留守番をしていた山吹が言った。

「菊川さんに、成城署から連絡が入っています。折り返し電話がほしいとのことです」

「わかった」

菊川は、携帯電話を取り出した。

百合根は、青山に言った。

「プロファイリングを完成させるために、確かめたいことがあると言っていましたね」

「うん」

「それはもしかして、高杉栄一のことですか?」

青山がこたえる前に、翠が言った。

「もしかしなくてもそうよね。青山君は、彼に会ってから態度が急変したもの」

百合根は翠に尋ねた。

「そうでしたか？」

「そう。彼に初めて会ったのは、森川麻里から話を聞いているときだった。彼が偶然私たちがいる部屋にきて、すぐに帰ったんだけど……。そのとたんに、青山君は森川麻里に質問する気をなくしたようだった」

百合根はうなずいた。

「たしかにそうでしたね」

「そして、一度車に戻ってから、青山君は、わざわざ高杉栄一のことを尋ねるために、もう一度森川麻里に会いに行った。不可解な行動だと、私はあのとき思ったわ」

百合根が青山にもう一度尋ねた。

「確かめたいことというのは、高杉栄一のことだったんですか？」

青山がそれにこたえようとしたとき、電話を切った菊川が言った。

「福原教授が見つかった」

青山がはっと菊川のほうを見た。

「生きてる？」

菊川がかぶりを振る。

「いや。残念ながら、死亡していることが確認された」

百合根は驚いて尋ねた。

「どこで確認されたんですか?」

「身元不明の遺体について問い合わせていただろう。その中に、福原教授の人相風体と一致するものがあった。先ほど、確認が取れたそうだ」

「身元不明の遺体……。死亡したのはいつのことですか?」

「発見されたのは、三月二十七日、日曜日。大学に行かなくなったのが二月末だというから、それから一ヵ月ほど経った頃のことだな」

「発見された状況は?」

「ホームレスの行き倒れだと思われていた」

「事件性は?」

「初動捜査では、事件性なしという判断だった。検視で病死と判断されたんだ」

「遺体はどうなっているんです?」

「身元不明だからな。行旅死亡人扱いとなる。すでに荼毘(だび)に付されて、遺骨は社会福祉法人が保管している」

山吹が言った。

「誘拐事件の動機を、一番強く持っていると思われていた福原教授が亡くなっていた……。つまり、福原教授が主犯で共犯者がいる、という推理も成り立たなくなったわけです」

青山が言った。

「キャップの質問にこたえる前に、もう一つだけ確認したいことがある。翠さんと黒崎さんに訊きたいんだ」

翠が言った。

「なあに？」

「高杉栄一は、嘘をついた？」

そのとたん、翠の表情が曇った。

「それが……。わからなかったのよ」

「わからなかった？」

菊川が聞き返す。「人間嘘発見器が役に立たなかったということか？」

「嘘の反応はなかった。……というより、何の反応もなかったと言ったほうがいいかしら……」

「何の反応もない……？」

「そう。普通は、心理的な動揺や緊張によって呼吸数が変化したり、呼吸が瞬間的に止まったりする。呼吸は絶えず変化しているのが普通なの。でも、高杉の場合、常に呼吸が一定だった」

黒崎がうなずいた。百合根は黒崎に尋ねた。

「呼吸と同様に、発汗とか、血中の緊張物質なんかの反応がなかったということですか？」

黒崎が再びうなずく。

百合根は青山に尋ねた。

「これは、どういうことなんです？」

青山は、その問いにはこたえず、慌てた様子で言った。

「赤城さんは、どこにいるの？」

山吹がこたえた。

「病院です。並木さんの容態を見に……」

「すぐに連絡しなくちゃ……。念のために、浦河が入院している病院にも連絡して」

百合根は訳がわからなかった。

「何を慌てているんです。ちゃんと説明してください」

「わからないの？　犯人が並木さんを殺しに行くかもしれない」

「犯人が……。犯人っていったい、誰なんです？」

青山が言った。

「そんなの決まってるじゃないか」

「決まってるって……。わかりませんよ。教えてください」

そのとき、菊川が言った。

「高杉栄一だな。だからあんたは、あいつに、並木と浦河が回復しているなんて言ったんだ」

青山がうなずいた。

「そう。犯人は高杉以外にはいない。それは明らかじゃないか。だから僕は、トラップを仕掛けるつもりだった。トラップよりも先に高杉が動いたら意味ないじゃない」

菊川が青山に言った。

「赤城には、あんたが電話しろ。浦河がいる病院のほうは、こっちでやっておく」

青山が携帯電話を取り出した。

菊川も電話をしている。

百合根は、翠に言った。

「犯人は、高杉以外にいないって……。どうしてそんなことがわかるんでしょう」

「私にだってわからない。でも、高杉に会ったとたんに、青山君の態度が変わったことはたしかね」

「青山さんは初対面で、何に気づいたというんでしょう……」

「それは本人から聞くしかないわね」

青山が赤城と連絡を取り終わったようだ。菊川もすでに電話を切っている。

百合根は青山に言った。

「プロファイリングを発表してください」

青山がこたえた。

「それより病院に行かないと……」

菊川が言った。

「そっちは赤城と病院の警備に任せておけばだいじょうぶだ。ちゃんとプロファイリングを聞かないと、こっちだって動きようがない」

「わかったよ」

青山が言った。「じゃあ、発表するよ」

「待て」

菊川が言った。「所轄の二人を呼び戻そう。でないと二度手間になる」

菊川がまた携帯電話を取り出した。

17

午後三時半頃、亀岡と西脇が戻ってきて、彼らに菊川が言った。

「会議室に来てくれ。これから青山がプロファイリングを発表する」

青山がホワイトボードの前に立っていた。書類も何も持っていない。すべては彼の頭の中に入っているのだ。

百合根、翠、山吹が椅子に座っていた。黒崎は壁にもたれて立っている。

亀岡と西脇が席に着くと、菊川が青山に言った。

「始めてくれ」

青山は話しはじめた。

「みんな、最初の基本的なプロファイリングは覚えているね？　若くて比較的体力がある人物。そして、被害者の証言から単独犯で、三件の誘拐は同一人物らしいことがわかった」

青山は、そこで言葉を切って、みんなが納得していることを確かめている様子だった。説明を再開した。

「そして、キャップが言ったように、この誘拐は快楽型ではなかった。明らかに秩序型だ。地理的プロファイリングによって、大学関係者。さらにもっと言えば、瀬戸研究室の関係者に限定される」

菊川が尋ねる。

「犯行場所が時間を追って、大学からだんだん遠ざかっているんだったな」

「そう」

「研究室の関係者に限定されるのはなぜだ？」

「あの大学には門が四つある。犯人は、被害者たちがどの門から出て、どういうコースを通るか知っていたし、さらに、被害者たちの予定を知っていた。ごく近しい人物としか考えられない」

「なるほど……」

「最初の基本的なプロファイリングと、地理的なプロファイリングを重ね合わせると、まず除外されるのが、森川麻里だ。そして、瀬戸教授も年齢的に除外される」

亀岡が戸惑ったような表情で言った。

「瀬戸教授を除外していいんでしょうか。犯人はスタンガンを使用したということですし、彼にも犯行は不可能ではなかったと思いますが……」

青山はかぶりを振った。

「誘拐というのは、想像よりずっと体力を必要とする。高齢者と女性は除外できる」

菊川が言った。

「若くて体力があるのは、院生と学部生だが、修士課程の二人と学部生一名は、もともと福原教授と関わりが少ないんじゃないのか？　達村は院生になって一年半。福原教授から直接指導を受けていたのは一年だけだ。そして、柳田は瀬戸教授が担当になってから研究室に入ってきた。高杉にいたっては、まだ研究室にも入っていない」

青山がこたえた。

「犯罪の動機として、人間関係の濃さや深さが問題になりがちだけど、この場合は逆なんだ」

「逆……？」

「そう。注目すべきなのは、個人的な人間関係じゃなくて、福原教授のカリスマ性だ」

「どういうことだ？」

「研究室の関係者全員に話を聞いて明らかになったことがある。福原教授との個人的な関わりが少なければ少ないほど、彼に対する憧れや尊敬が純粋な形で保たれている、ということだ」

そうだったかもしれない、と百合根は思った。九州出張事件や論文事件を経験した研究員たちは、福原教授の人格に疑問を持っていた様子だ。

瀬戸教授や糸田准教授は、研究一筋で、学内の人間関係には無関心だったということだが、まったく気にしなかったわけではないだろう。

無関心でいることで、自分の立場を守ったということなのかもしれないと、百合根は思った。

青山の説明が続く。

「僕は、最初の基本的なプロファイリングに従って、修士課程の二人と、学部生の高杉栄一に注目した。彼らは、福原教授との個人的な関わりも少なかった。つまり、彼らは、犯罪を実行することができたし、福原教授のカリスマ性に強く惹(ひ)かれていることで、犯罪の動機も持ち得たというわけだ」

「待ってくれ」

菊川が言った。「福原教授との個人的な関わりが少なければ少ないほど、カリスマ性に惹かれるというのは理解できる。カリスマ性とか憧れというのは、そういうものだろうからな。だが、それが犯罪の動機と結びつくのが理解できない」

「誘拐と呪いの儀式の動機は、福原教授への『ひどいこと』に対する強い怒りだ」

「それは理解できるが……」

「大竹准教授と並木助手が交際していたという話を聞いた福原教授は、怒りのために何もかも放り出して、大学を去った。犯人にとっては、大竹准教授と並木助手が、自分から福原教授を奪ったことになるんだ」

「福原教授を奪った……」

「そう。福原教授と犯人は、特別なつながりがあった」

「どういうつながりだ？」

「福原教授が極端に自己中心的な性格だったことは元奥さんである武井里子の証言からも明らかだ。そして、その性格が大学ではカリスマ性として発揮されている。そこから福原教授についてある推論が生まれた」

「ある推論？」

「そう。福原教授はサイコパスだ」

菊川、亀岡、西脇の三人が驚きの表情で青山を見つめた。百合根も驚いていた。青山の説明が続いた。

「福原教授が住んでいた部屋で、彼の蔵書を見たときに、それを確信した。小説が一冊もなかった」

　菊川が言った。

「たしかに、あんたは部屋でそのことについて触れていた。だが、小説がないことが何だと言うんだ？」

「サイコパスの特徴は、他人に共感を持てないことだ。つまり、小説なんか読んだって感情移入ができない。読む意味がないんだ。だから小説を読まない。福原教授もそうだったというわけだ」

「福原教授のパワハラ、アカハラの原因は、そんなところにあったわけか……」

「そう。自分の思い通りにならないことが我慢できないので、そういう行動に出る。そして、サイコパスはしばしばカリスマ性を発揮することがある。それも福原教授に当てはまる」

　百合根は尋ねた。

「その福原教授と犯人の特別なつながりというのは……？」

「犯人もサイコパスなんだ」

「え……」

　百合根はまたしても驚いてしまった。

世田谷署の亀岡が言った。

「それはどうも、唐突な話のような気がしますね……」

「唐突じゃないよ。今回の誘拐は、完全な秩序型犯罪だ。さらに、快楽型ではない。そして、容赦なく広東住血線虫に感染させている。犯罪のパターンがサイコパスの犯行であることを物語っていると僕は思った。だから、研究室の関係者の中からサイコパスを探しはじめたんだ。すべての人に話を聞いたけど、サイコパスの条件に当てはまるのは、一人だけだった」

亀岡が尋ねた。

「サイコパスの条件って？」

「良識が欠如している。他人に冷淡。慢性的に平気で嘘をつく。想像力が旺盛で、現実より空想を重視する。まあ、そういうのが特徴だね」

翠が尋ねた。

「その条件に当てはまるのが、高杉栄一だというわけね？」

「そう。関係者の中で、彼だけがサイコパスの条件に当てはまった」

「それで、私と黒崎さんは、彼の嘘が見抜けなかったのね」

「サイコパスは、嘘をつくことに心理的な抵抗がない。……というより、自分の嘘を本当のことだと信じ込むことができるんだ。だから、生理的な反応を起こさない」

　翠がうなずいた。

「たしかに彼は普通と違っていた。呼吸音に乱れがなさ過ぎた」

　翠が戸惑ったような表情をしていたのは、そのせいだったのだ。

　百合根は青山に尋ねた。

「高杉を一目見た瞬間にそれがわかったんですか？」

「いくらなんでも、僕にそんな眼力はないよ」

「でも、翠さんが言ったとおり、彼と初めて会ったとき、青山さんは、急に森川さんに質問する気をなくしましたよね」

「彼女は、基本的なプロファイリングから外れているし、サイコパスじゃないことは明らかだった」

　翠が尋ねる。

「でも、あのとき、わざわざ車から研究室に戻って、森川麻里に、彼のことを尋ねたじゃない」

「研究室の人たちからは、亀岡さんたちや、菊川さんが直接話を聞いた。でも、高杉からは誰も話を聞いていない。彼も研究室に出入りしている様子だから、話を聞く必要があると思ったんだよ。そして、森川麻里に彼のことを聞くうちに、サイコパスの条件に当てはまる人物をようやく見つけたと思うようになった」

　百合根は尋ねた。

「森川麻里は、高杉について、どういうふうに話したんです？」

「虚言癖があるようだ、と言った。それはサイコパスの一つの特徴だ。福原教授を神聖化しているとも言っていた。そして、一見社交的に見えるけど、相手の眼を見ていないことが多いと……」

「そういえば、話を聞いているとき、彼はずっとテーブルの一点を見つめていましたね」

　たしかにそのときの様子は、普通とは違っているように感じた。

「福原教授と個人的な関わりが少なければ少ないほど、憧れが強くなる。そういう意味では、高杉が一番純粋に福原教授に憧れているということになる。そして、彼はサイコパスだ。サイコパスの特徴は、他人に共感しないことだ。おそらく、高杉は福原教授だけには共感することができたんだと思う。サイコパス同士の共感だ。それを、『ひどいこと』によって奪われたことを知った高杉は、大竹准教授と並木助手に報復しようと、犯行を計画したんだ」

菊川が尋ねた。

「浦河は？　彼はなぜ被害にあったんだ？」

「浦河は、大竹一派だった。高杉は、並木助手が浦河とも関係を持っていたと思い込んでいたんだろうね。サイコパスの最大の特徴は、過剰な想像力なんだ。高杉は、想像の中で、大竹と並木、浦河と並木の関係を作り上げた。それに対して、怒りを燃やした。まるで福原教授が怒ったように……。そう。二人のサイコパスの怒りが、過剰な想像力の中でシンクロしたんだ」

菊川が言った。

「高杉は、自分の怒りと、福原教授の怒りの区別がつかなくなったということか」

「そうとも言えるね」

百合根は考え込んで言った。

「でも、院生ですらない高杉が、どうして大竹准教授と並木助手のことを知ったんだろう」

「森川麻里が並木助手についてしゃべったことを聞いただろう。あれと同じことをたぶん他の人にもしゃべっているはずだ。高杉は、福原教授に会って、直接そのことを確かめているはずだ」

「二人が会っているというんですか？」

「そう。三月二十七日頃会っているはずだ」

菊川が眉を吊り上げた。

「それはつまり……」

「そう」

青山が言った。「高杉は、福原教授の死亡事件にも関与している。福原教授を殺害したのは高杉だ」


青山のプロファイリングを証明するために、決定的な証拠が必要だ。青山は、そのためにトラップを仕掛けたのだ。高杉がそれにひっかかるのを待つしかない。

青山の推理では、ほぼ百パーセント、高杉は並木愛衣を殺害しようとするだろうということだ。

百合根と菊川は亀岡らと病院に行き、赤城と話をした。

「青山から電話をもらって警戒しているが、変わった様子はないぞ。いったいどういうことなんだ」

赤城が苛立った様子で言った。百合根が、青山のプロファイリングを説明した。話を聞き終わると、赤城は言った。

「学部生がサイコパス？　なるほど、サイコパスの犯行だというのなら、いろいろとうなずける点がある」

「ここは、所轄と僕らに任せて、赤城さんは青山さんたちがいる世田谷署に戻ってください」

「青山は、署にいるのか？」

「ええ。翠さんと山吹さんもいっしょです」

「いや、俺はここにいる」

「どうしてです？」

「俺は医者だ。患者のそばにいるべきだろう」

「並木さんは、赤城さんの患者じゃないでしょう」

「ここまで関わったら、患者も同然だよ」

百合根はうなずいた。

「いいでしょう。病院にいてください」

「浦河のほうはどうなっている？」

「世田谷署が警備に当たってくれています」

赤城がうなずいた。

菊川が言った。

「ここは、警部殿と赤城に任せていいな？　俺は、福原教授死亡の件で、成城署と話をしてくる」

すでに成城署の捜査員が、福原教授の部屋の捜索を始めているはずだ。菊川はそこに出向いて指揮を執るのだ。

百合根が言った。

「病院のほうは引き受けました。福原教授のほうをお願いします」

菊川はその場を去って行った。彼がいなくなると、赤城が百合根に言った。

「トラップなのだから、俺たちも姿を消す必要があるだろう」

「防犯カメラの映像が見られる警備室を、前線基地として押さえてあります。そこに行きましょう」

二人は移動した。

警備室は、モニターがずらりと並んだ狭い部屋だ。そこに、百合根、赤城、亀岡、西脇の四人がいた。

警備員の一人がモニターの前の机に向かっており、彼は、並木愛衣の病室の出入り口を映し出しているモニターを見つめていた。

百合根たちも同様に、それを見つめていた。

赤城が言った。

「犯人は、白衣を持っているだろう。大学で使っているはずだ。病院内を移動するのに、白衣を着ていると便利だ」

百合根はうなずいた。

「そうですね。白衣の人物も見逃さないようにしましょう」

午後八時五分前に、館内放送が入った。入院患者への面会時間がまもなく終了するという案内だった。

モニターを見つめていた警備員が言った。

「これから、病棟は静かになります」

亀岡がつぶやくように言う。

「俺が犯人なら、見舞い客が多い時間帯を選びますがね……。そのほうが、目立たないでしょう」

赤城が言った。

「人が多いと、それだけ目撃される危険も増える。病院というのは便利なところで、白衣一つで、関係者になりすますことができる」

「なるほど……」

それから一時間ほど経った頃、警備員が言った。

「白衣の男です。マスクをしてます」

百合根は、モニターを見つめた。その人物はすぐに部屋の中に消えていったが、百合根は背格好から間違いなく高杉だと思った。

「彼ですね」

その場にいた全員が無言で、モニターを見つめる。

しばらく何事も起こらない。ただ廊下と戸口が映っているだけだ。防犯カメラが故障して、今モニターで見ているのは静止画なのではないか。

百合根がそんなことを思ったとき、画面に動きがあった。白衣を着てマスクをした男が戸口に姿を見せたのだ。

18

百合根は言った。

「高杉が出て来ました」

モニターを見つめている者全員がそれに気づいている。わかっていても、言わずにいられなかったのだ。

出てきたのは、高杉一人ではなかった。高杉の喉(のど)に誰かの腕がかかっている。さらに彼の右腕は、背中のほうに捻(ねじ)り上げられているようだ。

身を接するように、もう一人の人物が、並木愛衣の病室から出て来た。

黒崎だった。彼は、高杉を拘束していた。

次の瞬間、制服を着た警察官と、病院の警備員が画面に飛び込んできた。彼らは、黒崎が突き放した高杉を取り押さえた。

百合根は言った。

「高杉の身柄を確保した」

警備室内の緊張が、一気に解けた。

亀岡が言った。

「高杉といっしょに病室から出てきたのは、STの人ですね？」

「はい。黒崎勇治です。彼は、古武道の達人なんです」

「彼が、並木愛衣の代わりに、ベッドに寝ていたというわけですね？」

亀岡の言うとおりだった。病室の名札はそのままで、並木愛衣は別の場所に移されていた。その病室のベッドに寝ていたのは黒崎だった。

百合根はまず、青山に電話した。

「並木愛衣の病室に、高杉が現れました」

「やっぱりね」

「今、そちらに身柄を運びました」

「じゃあ僕、もう帰っていい？」

「待ってください。これから高杉に話を聞かなければなりません」

「キャップがやってよ」

「青山さんの助けが必要なんです」

一瞬の間があり、青山が言った。

「しょうがないなあ。じゃあ、待ってるよ」

電話が切れた。百合根は次に、菊川にかけた。

「はい、菊川」

「高杉の身柄を確保しました」

「病院に現れたんだな？」

「そうです」

「並木愛衣を殺害しようとしたのか？」

「白衣を着て病院の関係者になりすまし、彼女の病室に忍び込みました」

「それだけじゃ不充分だぞ、警部殿。高杉の殺意を証明するものがなければ……」

「これからそれを確認します」

「頼む」

「そちらはどうです？」

「福原教授の部屋には手がかりはないな。だが、お隣さんにもう一度話を聞いたら、女性が訪ねて来たりはしなかったが、若い男なら見かけたことがあるということだった。高杉の写真を見せたら、部屋を訪ねてきたのは彼だと証言してくれた」

「そうですか」

「令状が取れたら、高杉の自宅を調べる。そっちはかなり期待できると思う」

「では、こちらは高杉の取り調べを始めています」

「わかった。じゃあ」

電話が切れた。

携帯電話をポケットにしまうと、百合根は、赤城に言った。

「僕たちも病室に行ってみましょう」

すでに、高杉の身柄は世田谷署に運ばれた。だが、現場に行ってみたかった。赤城が病室に向かった。百合根がそれに続き、さらに、亀岡と西脇の二人が続いた。

病室の前に黒崎が立っていた。赤城が黒崎に言った。

「ごくろうだったな」

黒崎は、無言で注射器を掲げた。赤城がそれを見て尋ねる。

「高杉がそれを持っていたんだな？」

黒崎がうなずき、差し出した。赤城は、ハンカチを広げてそれを受け取った。注射器の中には液体がたっぷりと残っていた。高杉がそれを使用する前に、黒崎が取り上げたのだろう。

百合根はそれを見て言った。

「毒物でしょうか？」

黒崎がうなずき、ぼそりと言った。

「おそらく、植物由来のアルカロイド……」

赤城が言った。

「すぐに山吹に分析させよう。この注射器はおそらく大学から持って来たのだろう。大学で使用しているものと一致するか調べさせるんだ」

「わかりました」

亀岡が言った。

「署に戻りましょう。車を夜間出入り口に回してきます」

亀岡の言葉を聞き、若い西脇が駆けて行った。

高杉の逮捕状と捜索差押許可状、いわゆる捜索・差押令状を、世田谷署が申請した。

「じゃあ、私は科捜研に戻り、高杉が持っていた薬物の分析を行います」

赤城が山吹に言った。

「薬物を採取したら、注射器は鑑識に回してくれ。指紋等の検出と、メーカーの特定、製品番号等の割り出しを依頼するんだ」

「心得ております。では……」

山吹が世田谷署をあとにした。

亀岡と西脇は、ノートパソコンに向かってせっせと書類仕事をしていた。逮捕状に添付する疎明資料を作り終えたと思ったら、今度は送検のための書類を作らなければならない。警察も役所なので、やたらに書類が多いのだ。

午後十時半頃、裁判所に行っていた世田谷署の係員が、逮捕状と捜索・差押令状を持ち帰った。

春日井強行犯係長が、その逮捕状を執行した。そして、百合根に言った。

「高杉の住居の捜索・差押令状を、大至急菊川さんに届けよう」

「お願いします」

「取り調べは、菊川さんが戻るまで待つかい？」

「いえ、我々で始めましょう」

「わかった。高杉を取調室に連れて来させよう」

百合根は、青山に尋問を任せることにした。百合根は立ち会うだけだ。

取調室に行くと、高杉が背を伸ばし、まっすぐ前を向いて座っていた。その顔からは何の感情も見て取れない。

青山がスチールデスクを挟んで、彼の正面に座り、その隣に百合根が座った。記録席に亀岡がいる。そして、出入り口近くに西脇が立っていた。

青山がいきなり言った。

「福原教授を殺害したね？」

高杉の眼は、まっすぐ青山に向けられている。だが、その眼には何も映っていないのではないかという気がした。感情の光がとぼしいのだ。

こたえがないので、青山がさらに言った。

「君は、福原教授を尊敬し、彼に憧れていたはずだ。なのに、どうして彼を殺したんだ？」

こたえがない。青山の言葉が続く。

「大竹准教授、並木さん、浦河さんを誘拐して、広東住血線虫の幼虫に感染させたのも、君だね？　彼らは、福原教授に『ひどいこと』をした。それが許せなかったんだろう？」

高杉は、相変わらず青山を見ている。だが、その眼には何の感情も浮かんでいない。

彼は魂を失ってしまったのではないだろうか。百合根はそんなことすら思った。

青山が言った。

「こたえてくれないと、君の福原教授に対する気持ちは誰にも伝わらないよ」

それでも、高杉は何も言わない。青山も口をつぐんだ。百合根は、青山に任せると決めていたので、黙っていた。

沈黙の時間が続いた。高杉が青山を見ている。青山も高杉を見返している。彼らは無言で戦っているのかもしれないと、百合根は思った。

どれくらい時間が経っただろう。ノックの音がした。引き戸を開けた西脇が振り返り、百合根に告げた。

「いくつか知らせが入っています」

百合根は青山に言った。

「ちょっと来てください」

百合根と青山が廊下に出ると、春日井係長がいた。

「どうだ？」

百合根がこたえた。

「今のところ、ダンマリです。何か情報ですか？」

「まずおたくの山吹さんから。注射器の中には、コルヒチンという毒物が入っていたそうだ。イヌサフランという植物から抽出される毒で、致死量は、体重五十キロに対して四・三ミリグラム程度という猛毒だ」

「なるほど。イヌサフランね」

青山が言った。「農林大学の学生なんだから、イヌサフランを栽培することも、毒を抽出することもできるはずだ。おそらく、福原教授殺害に使用したのも同じ毒だろう」

「菊川さんからも知らせがあった。高杉は両親と同居しており、父親がメタリックグレーのハッチバック車を所有していたそうだ」

百合根が言った。

「目撃された車と特徴が一致しますね」

「そういうことだ。それから、彼の部屋からスタンガンが見つかったということだ」

「自白を取らなくても容疑は固いですね」

百合根の言葉に、春日井係長がうなずいた。

「殺人の立証が難しい。すでに被害者は火葬されているしな……」

青山が取調室の中に戻っていった。百合根は、春日井係長に礼を言って青山を追った。

席に着いて、取り調べを再開する。

青山が、毒物のことや車のこと、そしてスタンガンのことを告げた。

「こういう物証は、全部、君の犯行を裏付けているんだよね」

そのとき初めて、高杉の表情が変わった。彼はかすかにほほえんだのだ。まるで、青山を蔑むような笑いだった。彼はようやく口を開いた。

「物証？　つまらないことを言うんですね。あなただったら、僕を楽しませてくれると思ったんですけど」

「君を楽しませる気なんてないよ。ただ、僕は君の気持ちに興味がある。どうして尊敬している福原教授を殺したのか……」

「もう僕が言わなくても、わかっているんでしょう？」

「君の口から聞かないと意味がないんだ」

「たぶん、あなたが思っているとおりですよ」

「福原教授が、君の期待を裏切ったから？」

高杉が黙った。また沈黙を続けるのかと、百合根は訝ったが、しばらくして彼は話しはじめた。

「教授は僕の理想でした。大学を辞めたと聞いて、そんなことを許すわけにはいかないと思い、会いに行ったんです。そのときの教授を見て、僕はひどく失望しました。何の研究もしていなかったし、酒に酔ってだらしない生活をしていたんです。僕は、何度か部屋を訪ね、片づけをしたり、食事の用意をしたりしました。そして、大学に戻るように言ったんですが、それが無理なことはわかっていました。福原教授はもう、昔の教授じゃなかったんです」

「福原教授は、すでに君の憧れの教授ではなかった。だから、殺したのかい？」

「そうですね。そうしなければならないと思ったんです。こんな姿になった教授を生かしておいてはいけないと、ね……」

「福原教授のパソコンを持ち出したのも君？」

「ええ。僕が研究を引き継ぐべきだと思いましたから」

「大竹さん、並木さん、浦河さんの三人を誘拐して、広東住血線虫の幼虫に感染させたのも君だね？　それはなぜ？」

「福原教授をあんなふうにしてしまったのは、あの三人ですからね。大竹と並木が付き合ってるんじゃないかという噂は聞いていました。それを、あらためて福原教授の口から聞いたんです。そんなことはどうでもいいじゃないかと思いました。でも、教授の怒りは想像できました。その怒りを思い描いているうちに、それがそのまま僕自身の怒りとなったんです。大竹と並木は、福原教授を廃人同様にしてしまった。当然、その報いを受けなければなりません」

「浦河さんは？」

「並木は、大竹と付き合っていながら、浦河とも関係していました。当然、制裁の対象となりますよ」

百合根は、背後の記録席で亀岡がノートパソコンのキーを叩き続ける音を聞いていた。今の高杉の供述は、充分に自白として通用するだろう。

青山が尋ねた。

「どうして、急に話す気になったんだ？」

高杉が、つまらなそうに言った。

「眠いんで、早く寝たかったんですよ。黙っていると、いつまでも寝かせてくれないでしょう。それに……」

「それに？」

「あなたは、ちょっと福原先生のような雰囲気を持っていたんで、もっと僕のことを理解してくれると期待していたんだけど、なんだか期待はずれだったみたいだし」

「もちろん、期待はずれだよ。僕は、君や福原教授と同じじゃない」

「そうかな……」

青山は立ち上がり、取調室を出て行った。

高杉は、青山もサイコパスだと言いたかったのだろうかと、百合根は考えた。

そんなことはない。青山は断じてサイコパスなどではない。それは、百合根がよく知っていた。

百合根も立ち上がり、取調室を出ると、青山のあとを追った。


「無事、送検を済ませたよ。検察官は、殺人と三件の略取・誘拐、傷害罪および傷害致死罪で起訴する方針を固めたようだ」

翌日の午前中、百合根と菊川が世田谷署を訪れると、春日井係長が言った。

菊川が尋ねる。

「福原殺害の毒物も出たそうだな？」

「教授を火葬にした社会福祉法人が衣類を保管していたんだ。衣類についていた染みから、高杉が注射器に入れて持ち歩いていたのと同じコルヒチンが検出された」

菊川がうなずいて言った。

「いろいろと世話になったな」

「こちらこそ。STが来てくれなければ、この奇妙な事件は解決できなかったかもしれない」

「たしかに奇妙な事件だった。まさか、学部生が犯人とはな……」

「大学教授ともあろうものが、こらえることはできなかったのかね……。気に入っていた女性が、准教授と付き合っていたというだけのことなんだろう？」

「普通ならぐっと我慢して終わりだろうな。いい大人なんだから。でも、サイコパスとなると話は別だ」

春日井係長が、百合根に言った。

「STのみんなに会えなくなると思うと、ちょっと淋しいと、亀岡や西脇が言っていた」

「何かあれば、また駆けつけます」

「検事が、並木愛衣と浦河俊介に話を聞きたいと言っているんだが……」

「今も赤城が、並木愛衣の病状経過を観察しているはずです。二人とも回復に向かっているということなので、じきに話が聞けるようになるでしょう」

「わかった。そう伝えておく」

その赤城から連絡があったのは、その日の午後三時過ぎだった。頭痛・発熱等の症状がなくなり、並木愛衣がすっかり元気を取り戻したということだった。

百合根と菊川は、病院を訪ねることにした。病室に行くと、赤城がベッドの脇に立っていた。

並木愛衣は、眼を赤くしていた。泣いていたようだ。

百合根が赤城を見ると、彼は言った。

「大竹准教授のことを話した」

「そうですか……」

百合根は、並木愛衣に言った。「出直しましょうか？」

「いいえ、いいんです」

彼女は言った。「どうしてこんなことになったのか、教えてください」

「いいでしょう」

百合根は、事件の経緯を説明した。話を聞き終わると、並木愛衣は、再びショックを受けた様子だった。

「福原教授も亡くなっていた……。犯人が、高杉君……」

「そうです」

「そんな……」

眼を伏せた並木愛衣は、ふと思い出したように言った。

「そういえば、目隠しを取られたとき、犯人の眼鏡に何かの光が反射したんです。あ、この人、知っている人かもしれないと、そのとき思ったんです。今それを思い出しました」

「誘拐されたショックで封印されていた記憶が、今よみがえったんですね」

「あれが高杉君だと言われれば、納得します」

「検事か世田谷署の刑事がまた話を聞きに来るはずです。それを話してください」

「はい」

百合根は菊川を見た。菊川がうなずいた。おいとましようという意味だ。百合根は、並木愛衣に言った。

「では、これで失礼します」

並木愛衣は、がっくりと力尽きたようにうなだれていた。

赤城が戸口で振り向き、並木愛衣に言った。

「決して自分を責めてはいけない。人が誰かを好きになるのは、ちっとも悪いことではない。そのことを決して忘れないように」

そして病室を出て行った。

対人恐怖症の赤城の言葉とは思えなかった。いや、人間関係に苦労しているからこその発言かもしれない。百合根は、そう思った。

百合根と菊川が廊下に出ると、赤城もそれに続いた。百合根は、赤城に言った。

「彼女には、カウンセリングが必要かもしれませんね」

赤城がうなずいた。

「引き続き、精神科の治療を続けるように言うつもりだ」

「立ち直れるでしょうか」

「時間が何よりの薬だ。人間は、思ったより強いものだ」

赤城の言葉に百合根はうなずいた。

「浦河さんのほうの病院にも行ってみようと思います」

「そうだな。向こうもそろそろ回復する頃だ」

菊川が言った。

「そっちは俺が行くよ。全部警部殿に押しつけるわけにはいかない」

「いえ、そんな……」

「いいんだ。これも刑事の仕事だ」

百合根は、その言葉に甘えて、ＳＴ室に引きあげることにした。病院の玄関で、別れ際に、菊川に言った。

「そうそう、今夜のこと、忘れないでください」

「今夜？　何だっけな？」

「青山さんが、フランス料理の店を予約したんです。菊川さんもぜひ……」

「そうだったな。事件がなければ行くよ」

菊川は背を向けて右手を挙げた。


フランス料理と言っても、気楽な家庭料理の店だった。ＳＴのメンバーと百合根、菊川が、大きなテーブルを囲んでいる。

それぞれに飲み物を注文すると、百合根は言った。

「料理も青山さんが……？」

「任せてよ。ぜひみんなに食べてもらいたいものがあるんだ」

乾杯のあと、いよいよ料理が運ばれてきた。

ウエイターが言った。

「お待たせしました。エスカルゴでございます」

くぼみのあるプレートに、殻付きのエスカルゴが並んでいる。そのプレートが人数分出てきた。

　菊川が顔をしかめた。

「おい、こいつは悪趣味じゃないか」

　翠も同様の表情で言った。

「そうよ。あの事件の後で、カタツムリ？」

「だからさ。こうして、おいしい料理を食べて、心的外傷にならないようにするんだよ。いいから食べてよ」

　山吹が言った。

「青山さんの言われるとおりかもしれません。マイナスのイメージは、早いうちにプラスに変えておくべきです」

　青山は、すでに食べはじめていた。

「うまい」

　みんなは、気の進まぬ様子で手を伸ばす。

　百合根も取りあえず、食べてみることにした。

　ガーリックとバター、それに香草の香りが口の中に広がる。そして心地よい歯触り。百合根は思わず言った。

「おいしいですね」

菊川も言った。

「本当だ。こいつはうまいな」

「そうでしょう」

青山が言った。「さあ、これでみんなの呪いは解けたよ」

解説

関口苑生
（文芸評論家）

本書『プロフェッション』は、《ST　警視庁科学特捜班》シリーズの十三作目（外伝を含む）となる。これは、数ある今野敏のシリーズ作品の中でも一、二を争うほどの長さを誇るものだ。しかも累計で二〇八万部を超える一大人気作となっている。

このシリーズは今野敏にしては珍しく、最初からはっきりとシリーズ化を意識して書いたものだという。本シリーズの第一作『ST　警視庁科学特捜班』が出たのは一九九八年のことになるが、当時の作者を取り巻く状況は、一九九四年に初めてハードカバーの単行本『蓬莱（ほうらい）』を講談社から刊行し、その翌年に『イコン』を出版。やがて他社からもハードカバーをという具合に、徐々にではあるが、そちらの方向に軸足を踏み出していこうとする時期であった。

とはいえ、まだまだメインの仕事はノベルスが中心で、依頼される仕事のほとんどがノベルスの書き下ろしと言ってよかった。また彼自身も、ノベルス作家であることに誇りを持っていたのも事実だ。ずっしりと心に響く重厚長大な物語もいいけれど――いや、そのほうが読者には強い印象を与えるのだろうけれども、ノベルスにはノベルスの役割と意地があるとの熱い思いを抱いていたのだ。

一冊がおおよそ三百枚。長いものでも四百枚。それをだいたい三ヵ月で書く。年に最低でも四冊ぐらい出版される計算だ。頑張れば六冊はいくかもしれない。しかしそれらは二時間ほどで読まれて、お終いとなる。場合によってはそのままごみ箱に捨てられてしまうかもしれない。そう考えると、何だかえらく虚しくなってくる作業である。だが、今野敏はそれでもいいのだと言う。

お金を払って自分の本を読んでくれる読者に対して、その二時間の間は、たっぷりと、思いっきり愉しませて、疲れた脳をほぐしてあげましょうという気概を持っていたのである。映画などでも標準的な長さは二時間ぐらいで、エンターテインメントというのは、むしろこの程度の時間がちょうどいいのかもしれなかった。ともあれ今野敏は、肩の凝らない、読みやすく、面白い、時間を忘れさせる小説を目指したのだ。それが彼の小説の原点であった。

本シリーズの場合も、『蓬萊』『イコン』とハードカバーが二冊続いていたので、次も同じでいきましょうかという話をもらっていたそうだ。にもかかわらず、彼のほうからあえてノベルスでと申し出たのである。このとき彼の頭にあったのは、個人が活躍するわけではなく、組織やチーム全体で結果を残す新しい形の警察小説だった。

もっとも、チームで行動し難題にあたるという作品は、それまでにもなかったわけではない。処女長編の『ジャズ水滸伝』（のちに『奏者水滸伝　阿羅漢集結』と改題）からして、性格も行動パターンもまったく異なる四人が、それぞれの能力を駆使して悪を駆逐するという物語だった。あるいはまた、二十一世紀後半を舞台にした『ガイア戦記』（のちに『最後の戦慄』と改題）では、サイボーグ化した四人のテロリストを始末するために、傭兵チームが闘いを挑んでいく。この戦闘場面が何しろ半端じゃない。みなそれぞれに自分の得意技、特殊な戦闘能力を持っており、彼らが闘うさまは山田風太郎の忍法帖にも負けない迫力があった。そしてもちろん《安積班》シリーズに代表される警察小説もそのひとつだろう。ことに安積班の場合は、作を重ねていくごとにチームメンバーのキャラクターも成長していき、彼らの人となりが際立っていくようになった経緯がある。

STは、その成長過程をもっと徹底した形で描けないものか、そんな発想から生まれたのだった。それもきわめて特異な技術と能力を持つ異能の集団――傍目からは、およそまともそうには見えないが、実は超一流のプロである五人の男女の活躍ぶりをひとりずつ描き出し、やがて個人としても、チームとしても成長していく姿をである。そのためには、やはり一作だけだと充分な形では描ききれないだろうし、どこかしら無理が生じる。だからこそ最初からシリーズ化を狙い、腰を落ち着けて取り組んだのだ。

このときに今野敏が強く意識したのは、あえてノベルスでいくからには、読者はもちろんだが、同時に作者も思いっきり愉しめる作品にしようということだった。そのひとつが特捜班メンバーのキャラクター造形だ。

登場人物のキャラクターというのは、物語の中でも重要な役割を持つ要素であるのは言うまでもない。それゆえ作者は慎重に——時には生まれた場所や環境、家族の構成、生い立ち、学歴、性格……等々を事細かく設定してから始めることもあるという(有名な例では、ジョルジュ・シムノンがそうだったという)。だが、それらすべてが表に、つまり物語の中に描かれるというわけではない。それは作者の頭の中で承知していればいい。要はそうした細かい設定が用意されてあると、執筆する際、登場人物たちの言葉や行動に自然さが加わり、厚みも出てくる(場合もある)のだった。ただしこれはあくまでキャラクター造形の一端として、そういう手法をとる作家もいるということで、今野敏が同様のことをしているのかどうかは定かではない。

　しかしながら、ＳＴのシリーズではかなり大胆なキャラクター作りに挑んでいるのは確かだ。


　リーダーで法医学のスペシャリストである赤城左門（あかぎさもん）。心理学の専門家でプロファイラーの青山翔（あおやましょう）。毒物・薬物の専門家にして本物の住職でもある山吹才蔵（やまぶきさいぞう）。超人的に発達した聴覚を持つ〝人間嘘発見器〟の結城翠（ゆうきみどり）。嗅覚にすぐれ、化学事故を担当する古武道の達人、黒崎勇治（くろさきゆうじ）。

　言ってはナンだが、この五人、警察小説の主人公としてはあまりにも常識からかけ離れた人物ばかりである。いくら風変わりにしたとはいえ、これではちょっと戯画化しすぎではないか。当初はそんな風にも思った。ところが、これも今野敏の計算だったように今では思う。

　まず、キャラクターの魅力（もしくは大胆さ、新鮮さと言ってもいいが）で読者を驚かせ、次にこの人物たちの内面も含めた人物像を掘り下げるために、それぞれにエピソードを積み重ねていく。すると、巻を追うごとにいつの間にか彼らの変人ぶりは気にならなくなり、それどころか自分のお気に入り人物まで出来てしまっているのだ。加えて、彼らをまとめる若きキャリア、愛称は〝キャップ〟の百合根友久警部。捜査一課のベテラン刑事で、ＳＴとの連絡係を務める菊川吾郎警部補の存在も忘れ難い。五人のメンバーの型破りな捜査に、最初は困惑したり、反撥したりしていたふたりが、次第に彼らに同調し始め、真の〝仲間〟となっていくさまは実に心地よい感覚がある。彼らを理解し、周囲との軋轢を少なくしていくのも自分たちの役割だと思うようになるのだ。

ご承知かとは思うが、今野敏は作家専業となる前、レコード会社に三年間勤めていた。このとき彼は、いろいろな立場の人間がそれぞれに自分の仕事をこなして、ひとつのものを作っていくという組織のありようが好きだった、と後に語っている。組織の中で仕事をし、仲間と共にひとつの事案を完成させる。単純そうな工程に見えながらも、それでいて結構複雑な作業となる場合が多い。しかしこの過程がいかに大事か、大切なことか、人と人を結びつける要素となっていることか、そのことを思い知ったというのだ。なかんずく個人で何かを達成するというよりも、仲間とひとつの目的に向かうことのほうが快感があると知ったのだ。

安積班のシリーズは、そうした思いと経験から生まれたもの、とこれは本人も認めている。ＳＴシリーズはそれをさらに発展させ、もっと気軽に読んでもらおうと狙ったものであった。

だがこのチャレンジは、今野敏にとっては思いも寄らぬ、いくつかの嬉しい報せをもたらした。ひとつは——これは作家生活の中で最大の喜びだったと想像するが、このシリーズが増刷につぐ増刷となったのだ。詳細に調べたわけではないのだけれども、それまで彼は八十冊以上の作品を書いてきたが、そのほとんどは初版止まりで、再版された本はおそらく一作もなかったのではなかろうか（あくまでわたしの類推）。しかしこのSTが当たった。後押ししたのはコミケの存在だ。戦隊レンジャーものの変形として捉えられたのかどうか、コアなファンがつき、コミケで関連本が出るなどして、一気に人気が高まっていったのである。また特捜班メンバーにも、それぞれ推しメンのファンが次々と出来ていったのだった。多分これは作者にしてみれば予想外の出来事だったろうと思う。しかし予想外であろうと何であろうと、読者に喜んでもらえて、なおかつ売れ始めたのは事実であった。その意味では今野敏にとってこのSTシリーズは、現実的にも、心の内でも特別な位置を占めている作品だと思われる。

さて、本書『プロフェッション』だが、またしても異様な事件から始まる。立て続けに三件の誘拐事件が発生したのだ。いずれも同一犯の犯行と思われたが、被害者がすぐに解放されているのが奇妙だった。身代金の要求も肉体への拷問などもなかった。ただ被害者に共通するのは、目隠しされた状態で犯人に「おまえに呪いをかける」と言われ、何かを無理やり呑み込まされたことだ。それから二週間ほど経った頃、被害者のうちのふたりが相次いで救急車で運ばれたのだった。激しい頭痛、嘔吐、手足の痺れ。原因は不明。謎の急病だった。そしてさらに三人目も同様の症状を発症する……。

はたしてこれは犯人の告げた「呪い」の故なのか。

　まさに常識では解決できそうもない事件である。科学捜査のスペシャリストである特捜班が扱う事案とはとても思えない。しかしこうした相容れない関係をぶつけて、見事に料理してしまうのが今野敏なのだった。

　そのことはSTメンバーと百合根、菊川らの関係にも繋がる。五人は警察官ではなく、科学特捜班という部署に所属する一般職員である。拳銃はもとより警察手帳も持つことが出来ず、強制執行や逮捕の権限もない。そこで軋轢や齟齬が生じる。百合根は彼らに警察の組織に属しているんだから、警察のやり方に従って下さいと言う。しかし、メンバーのほうは自分たちは警察官ではない。ましてや従来の警察の不合理さには従わない、むしろ我々はそういうものを正していく役割を担っていると反論するのだ。科学捜査が取り入れられ、捜査のやり方が変わってきても、警察組織の体質には何の変化もないことを糾弾(きゅうだん)するかのようにだ。

こうした衝突は過去に何度も見られ、本書においても同じような場面が登場する。百合根は警察官だから、警察の不合理さも組織を存続させるためには必要なことだと思っている。すべてを合理性だけで割り切れるものではないからだ。だがそんな理屈が赤城たちに通用するはずもなかった。そういう姿勢は、警察内部では決して評価されない。何と言っても警察は役所である。規則でがんじがらめだし、はみ出し者を極端に嫌う傾向がある。STにとってはやりにくい環境だし、周囲の者にとってはSTのメンバーは付き合いにくいことこの上ないだろう。まさしく相容れない関係だ。それでも徐々に、ゆっくりとではあっても、互いを信頼する気持ちを築いていくのである。つまりこのシリーズは、ある意味で、人間関係の難しさや複雑さを描きながらも、最終的には素晴らしさを謳(うた)おうとしているように思う。

今野敏の小説に共通する優しさと言ってよいだろう。

二〇一七年　七月

本書は二〇一六年二月に、小社よりノベルスとして刊行されたものを文庫としてまとめました。

またこの作品はフィクションですので、登場する人物、団体は、実在するいかなる個人、団体とも関係ありません。

|著者|今野 敏　1955年、北海道三笠市生まれ。上智大学在学中の'78年に「怪物が街にやってくる」で問題小説新人賞を受賞。大学卒業後、レコード会社勤務を経て執筆に専念する。2006年、『隠蔽捜査』で第27回吉川英治文学新人賞、'08年、『果断 隠蔽捜査２』で第21回山本周五郎賞、第61回日本推理作家協会賞を受賞。'17年、「隠蔽捜査」シリーズで第２回吉川英治文庫賞を受賞する。その他、「警視庁強行班係・樋口顕」シリーズ、「ST警視庁科学捜査班」シリーズなどがある。

ST　プロフェッション　警視庁科学特捜班

今野 敏

2017年９月14日第１刷発行
2024年９月10日第８刷発行

発行者——森田浩章
発行所——株式会社　講談社
東京都文京区音羽2-12-21　〒112-8001
電話　出版（03）5395-3510
　　　販売（03）5395-5817
　　　業務（03）5395-3615

Printed in Japan

講談社文庫
定価はカバーに
表示してあります

KODANSHA

デザイン—菊地信義
製版———TOPPAN株式会社
印刷———株式会社KPSプロダクツ
製本———株式会社KPSプロダクツ

ISBN978-4-06-293729-0

講談社文庫刊行の辞

二十一世紀の到来を目睫に望みながら、われわれはいま、人類史上かつて例を見ない巨大な転換期をむかえようとしている。

世界も、日本も、激動の予兆に対する期待とおののきを内に蔵して、未知の時代に歩み入ろうとしている。このときにあたり、創業の人野間清治の「ナショナル・エデュケイター」への志を現代に甦らせようと意図して、われわれはここに古今の文芸作品はいうまでもなく、ひろく人文・社会・自然の諸科学から東西の名著を網羅する、新しい綜合文庫の発刊を決意した。

激動の転換期はまた断絶の時代である。われわれは戦後二十五年間の出版文化のありかたへの深い反省をこめて、この断絶の時代にあえて人間的な持続を求めようとする。いたずらに浮薄な商業主義のあだ花を追い求めることなく、長期にわたって良書に生命をあたえようとつとめるところにしか、今後の出版文化の真の繁栄はあり得ないと信じるからである。

同時にわれわれはこの綜合文庫の刊行を通じて、人文・社会・自然の諸科学が、結局人間の学にほかならないことを立証しようと願っている。かつて知識とは、「汝自身を知る」ことにつきていた。現代社会の瑣末な情報の氾濫のなかから、力強い知識の源泉を掘り起し、技術文明のただなかに、生きた人間の姿を復活させること。それこそわれわれの切なる希求である。

われわれは権威に盲従せず、俗流に媚びることなく、渾然一体となって日本の「草の根」をかたちづくる若く新しい世代の人々に、心をこめてこの新しい綜合文庫をおくり届けたい。それは知識の泉であるとともに感受性のふるさとであり、もっとも有機的に組織され、社会に開かれた万人のための大学をめざしている。大方の支援と協力を衷心より切望してやまない。

一九七一年七月

野間省一